EL SECRETO DE LAS FLORES

EL SECRETO DE LAS FLORES

MERCEDES SALISACHS

Jorge Pinto Books Inc.
New York

A la memoria de mi marido,
que fue un abuelo inolvidable

M.S

Por eso emerjo ahora de sus aguas aturdido, confuso,
sin saber a dónde mirar ni por dónde seguir,
lamiéndome esa profusa colección de heridas
que duelen en lo más vivo del corazón y del alma.

FERNANDO SANCHEZ DRAGÓ

La del alba sería

I

Si Gregorio no me hubiera llamado por teléfono desde Tailandia hace escasamente una hora, yo continuaría creyendo que mi empeño de asesinar el pasado iba a poder realizarse tarde o temprano sin excesivo esfuerzo y con la mayor impunidad.

Durante seis años vengo diciéndome a mí mismo que a veces ciertas muertes pueden evitarnos el peligro de andar por la vida con la precaución propia de los que cruzan campos de minas, aunque los recuerdos se empeñen en instalarse y multiplicarse en cada rincón o en cada fluido de aquello que nos rodea.

Pero está muy claro que asesinar el pasado es mucho más difícil que evitar los errores del futuro. Incluso estoy por creer que el pasado no sólo se resiste a morir, por mucho que nos empeñemos en matarlo, sino que, cuanto más tiempo transcurre, más se nos va adentrando en el alma al modo de esas tuercas retorcidas que de ningún modo pueden ser arrancadas sin causar desgarros.

Bastó colgar el teléfono para comprenderlo. De pronto lo que yo imaginaba que, mal o bien, había conseguido sedimentarse en los fondos de ese pantano fangoso que puede ser la memoria, comenzó a salir a flote con la pujanza de una explosión. Y me di cuenta, claramente, de que el pasado no sabe morir.

De lo contrario jamás las muertes que tanto nos trastocaron a lo largo de la existencia continuarían siendo unas muertes tan vivas.

Querámoslo o no, el pasado nos está increpando a cada instante: nos sacude, nos exige, nos condiciona y nos maltrata. Porque lejos de paliar el dolor, lo exacerba.

Nada más elocuente que ese dolor que alguna vez nos pareció sencillo poder amordazar. Algunos dolores nunca se amordazan, ni se inmovilizan, ni se dominan. Son dolores demasiado sabihondos y escurridizos para que nos resulte fácil sujetarlos y encarcelarlos en las mazmorras del olvido.

Por eso volver la vista atrás es lo que más nos predispone a revivirlos. Y la llamada telefónica de Gregorio ha sido eso: una lamentable introspección, un difícil examen de conciencia por culpa de aquel «retroceder» imprevisto.

De nada vale recuperar desde la memoria aquellos pequeños brotes de felicidad que también experimentamos y que tanto nos hicieron sufrir cuando los perdimos: siempre prevalece la parte dolorosa, aquella que traspasa nuestra voluntad y se instala cómodamente en lo que algún día, ya lejano, consideramos que era la verdadera fuente de nuestra dicha.

Me pregunto ahora cómo reaccionará Paula cuando le ponga al corriente sobre la llamada telefónica de mi hijo Gregorio. Probablemente a Paula no va a gustarle que un niño tan pequeño como mi nieto Miguel se inmiscuya en nuestra vida.

Paula Civanco, aunque no es mujer de grandes dotes reflexivas ni está capacitada para desarrollar ideas profundas, posee en grado excepcional ese sucedáneo de la inteligencia que denominamos intuición. De ahí que cuando se introduce en situaciones embarazosas, lo que la salva es precisamente su instinto.

Por eso es muy probable que, cuando le confíe que Gregorio me ha llamado desde Tailandia para pedirme que me haga cargo del pequeño Miguel, se encoja de hombros y esboce la más seductora de sus sonrisas: «Me parece muy bien, Patricio; haremos lo que tú digas.» Y, por supuesto, pondrá todo su empeño en soportar al niño y en fingir que su estancia en Mas Delfín durante todo el verano es lo mejor que nos podía ocurrir.

A pesar de sus muchos defectos debo reconocer que Paula es una mujer cómoda. No exige demasiado, ni se queja cuando yo le exijo más de lo que ella puede dar. Lo único que pretende, aún a riesgo de perder su dignidad de mujer, es que la llama que, gracias a sus dotes de seducción y la impresionante plasticidad de su anatomía, logró avivar en mí aquel verano, continúe su misión de deslumbrarme aunque sólo sea aparentemente y que su posición de «novia eterna de un escritor famoso» no se deteriore por culpa de sus frecuentes torpezas.

Por eso jamás me lleva la contraria y si alguna vez le entra la tentación de enfrentarse a mí, enseguida recoge velas y adopta la postura más sumisa que su mente dócil y poco trabajada le dicta.

Lo cierto es que cuando conocí a Paula ni mi nieto Miguel existía ni nada hacía prever que, algún día, podría existir. Gregorio y Dula llevaban ya cuatro años casados sin que la sombra de un hijo se hubiera colocado en sus vidas.

Fue preciso que transcurriera aquel verano para que la herida que suponía para el matrimonio el hecho de no tener descendencia llegara a cicatrizarse al regresar a Tailandia.

Cuando ahora medito en el proceso de aquellos tres largos meses, comprendo que nada de lo que ocurrió tiene derecho a ser considerado normal: ni era lógico que Gregorio sintiera celos de

Rodolfo Liaño, ni que Paula se aferrase a mí sin comprender en qué consistía mi empeño en aferrarme a ella, ni por supuesto aquel temor que surgió de pronto relacionado con la posibilidad de que las flores pudieran hablar.

Tampoco era normal que durante su transcurso nada dejara traslucir la posibilidad de que la llegada del otoño se prestara a ser algo más que un alborecer de días cortos y avisos inofensivos de frescores invernales.

Antes, cuando la primavera anterior a aquel verano empezó a desvanecerse, todo en Mas Delfín parecía corriente, llano e inofensivo. La playa seguía siendo la playa privilegiada, pequeña y medio oculta por los enormes acantilados que la rodean y que parecen dos brazos gigantes intentando abarcar esa porción de mar que quiere tener aspecto de laguna.

El bosque era aún aquella selva (virgen de recuerdos) donde los helechos crecían profusos a causa de la humedad bajo alguna hondonada medio escondida, como para ocultar trasgos o seres extraños.

Y también los peñascos oscuros que se alzan en medio de la bahía (puestos ahí por la naturaleza acaso para que yo, cuando me despierto, pueda contemplarlos desde el balcón de mi dormitorio) continuaban siendo los guías infalibles para los barcos lejanos que tal vez desconocían el peligro de aquellos arrecifes.

Fue preciso aquel verano para que todo en Mas Delfín se transformara.

Lo cierto es que ahora ni la playa es ya aquella laguna solitaria, ni el bosque parece el refugio salvaje de seres mitológicos, ni los dos peñascos negros son ya avisos eficaces para los navegantes poco informados.

Y lo que es peor: también las gaviotas han desertado. Casi nunca se puede escuchar los graznidos, que Dula solía calificar de «gemidos», y por supuesto cuando vuelan hacia los peñascos apenas se instalan allí como antiguamente.

Por lo demás, todo en Mas Delfín continúa inserto en la dinámica de siempre, sólo que lo que Rodolfo Liaño consideraba un espectáculo wagneriano de puro grandioso, ahora se ha quedado en un remedo de paraíso perdido: una cala escondida pero desposeída de su condición salvaje.

En aquella época, no. En aquella época era una cala sin civilizar, como si por algún capricho telúrico los lejanos presentes de antaño hubieran sido trasplantados allí.

«Es lo mismo que si el tiempo de entonces se hubiera dormido para despertar en la playa de Mas Delfín», insistía Rodolfo.

Cuando algo impresiona a Rodolfo, no vacila en describirlo con cierta grandilocuencia. Su poder de percepción es muy agudo y cuando departe conmigo con frecuencia aprendo de él infinidad de imágenes literarias o expresiones peculiares que, en el momento adecuado, no vacilo en intercalar en mis libros. «Tendrás que pagarme *royalties* —bromea él—. Eso te lo he dicho yo.»

En realidad Rodolfo no es únicamente mi secretario, mi administrador y mi agente. También es mi amigo. Viene siéndolo desde la infancia. Pero no se trata de una amistad rutinaria de esas que cansan o se malogran por culpa del tedio. Rodolfo Liaño jamás ha dado pie para que me harte de él. Nunca cae en la tentación de acosar, o machacar o exigir. Sencillamente está ahí. Y es que tanto él como yo sabemos que los dos nos consideramos dispuestos a ayudarnos, pero jamás a incordiarnos.

Por eso, tras disolver su bufete de abogado y yo, tras quedar viudo de Juliana, opté por cambiar mi profesión de médico por la de escritor, convinimos que lo mejor era instalarnos en Mas Delfín sin contraer más compromisos que los propios de nuestras respectivas obligaciones profesionales y con libertad absoluta por ambas partes para disponer de nuestras vidas sin tener que dar explicaciones a nadie.

«¿Te das cuenta de lo que supone vivir en un paraíso terrenal sin serpientes ni árboles prohibidos? —solía decirme si barruntaba mi agobio al verlo excesivamente desbordado de trabajo—. Además, cualquiera estaría dispuesto a trabajar contigo, Patricio. No te olvides de que ya eres una gloria nacional.»

Lo decía bromeando y con la sorna precisa para no resultar impertinente, pero yo sabía que detrás de aquellas semiburlas se escondía una verdadera lealtad.

Además es agradecido: «Nunca olvidaré que tú salvaste la vida de mi padre cuando estuvo tan enfermo», me repite con frecuencia. Es su forma de darme a entender que pase lo que pase, él siempre se considerará en deuda conmigo.

Ahora Rodolfo Liaño ya no es joven. Los dos sabemos que no lo somos, por eso jamás caemos en el error de endilgar nuestras vidas hacia las inquietudes y desasosiegos de la juventud.

Tanto él como yo tenemos la madurez propia de los que descubren que la soledad buscada es mil veces más codiciable que la compañía impuesta. Vivir solos no equivale a vivir desconectados del mundo. La ciudad está relativamente cerca de la costa y nada impide a Rodolfo que, de vez en cuando, desaparezca de Mas Delfín si los barbechos del trabajo se lo permiten.

Lo cierto es que entre nosotros existe esa envidiable conexión amistosa que nos permite, sólo con echarnos ojeadas, comunicarnos claramente sin necesidad de recurrir a las palabras.

Luego están las largas veladas de charla, si, por algún motivo, la retórica se impone. Es precisamente en esos momentos cuando comprendo que la verdadera amistad consiste en callar cuando las palabras sólo son pretextos para romper el silencio y hablar cuando el buche se nos llena de ideas.

También Juliana quería a Rodolfo Liaño. «Pase lo que pase no lo pierdas, Patricio», acostumbraba decirme. Juliana no se equivocaba. Siempre fue una mujer analítica y equilibrada. Lo único que le importaba era que la armonía consiguiera ser la principal protagonista de nuestro entorno.

Juliana era casi perfecta: comprendía, animaba, colaboraba y todo cuanto podía poner en peligro nuestro matrimonio y nuestro buen entendimiento, inmediatamente era rechazado por ella.

De hecho Juliana había sido la gran promotora de Mas Delfín. Probablemente sin su colaboración la finca jamás hubiera sido lo que fue tras la suave caricia de sus manos y la realización de sus inusuales proyectos.

Parece que la estoy viendo medio tumbada sobre la arena de la playa: su belleza todavía palpitante, su mirada franca y aquel modo tan suyo de otearlo todo como si pretendiera absorber el paisaje que la rodeaba, antes de que la muerte la absorbiese a ella. «A veces tengo la impresión de que esta playa es un descuido de la naturaleza», solía decir.

Entonces la playa era, en efecto, un lugar tranquilo: una especie de lengua marina escondida entre peñascos. Resultaba difícil descubrirla desde el mar: «Si fuera posible vivir aquí todo el año.»

En aquella época Gregorio todavía era un niño y yo trabajaba como médico en la ciudad, así es que sólo disfrutábamos de Mas Delfín los veranos. «Tal vez algún día, cuando nuestro hijo crezca.»

Pero el hijo había crecido y su madre ya no existía. Lo único que existía era todo lo que ella a lo largo de su vida había ido creando y cuidando para dejarlo como herencia.

Recuerdo que cuando la conocí lo que más me impresionó de Juliana fue su voz: asordinada, suave, sedosa. «Dime, Juliana, ¿quién te ha enseñado a modular la voz?» Pero ella no era muy dada a los halagos y enseguida me atajaba: «Lo aprendí de ti, Patricio. No podía evitar tus gestos de malestar cuando alguien se expresaba con clamoreo aflautado.»

Y, al instante, cambiaba de conversación.

A veces solía preocuparle mi dedicación a la medicina: «Deberías tomarte unas vacaciones: Te estas matando.» Pero enseguida añadía: «Por eso me enamoré de ti. No me hubiera gustado casarme con un médico de tanto la hora y si te he visto no me acuerdo.»

Otra de sus facetas relevantes consistía en cerrar los ojos a lo que podía poner en peligro la estabilidad familiar. Para ella todo era (o parecía) fácil. Nunca había «lados malos» y cualquier desaguisado era susceptible de arreglo: «La mala uva con azúcar se enmienda», bromeaba.

Recuerdo que, en cierta ocasión, pude escucharla mientras departía con unas amigas en la terraza de Mas Delfín. Hablaban de mí y por lo que pude deducir yo no quedaba demasiado bien parado. Su reacción fue instantánea: «La vida está llena de falsas verdades; me niego a creer lo que me estáis insinuando.»

De pronto se volvió hacia el monte Daní y señalándolo con el brazo extendido, exclamó: «¿Veis ese monte? Alcanzar la cima cuesta mucho. Hace falta mucha energía y varias horas para escalar la montaña y llegar hasta la ermita. Pero cuando una vez en ella desde lo alto se contempla como si fueran miniaturas lo que hemos dejado atrás, pueblo, mar, carreteras y bosques, resulta fácil comprender que, en el fondo, todo se queda en minucias, pequeños juguetes, y que lo único que importa es haber alcanzado la cima. Eso es lo que me ha pasado a mí. Yo la he alcanzado casándome con Patricio. Así que, por mucho que pretendáis desprestigiarlo, sólo vais a conseguir desprestigiaros a vosotras mismas.»

Comprendí entonces que Juliana no ignoraba ciertos «secretos» de mi vida. Aventuras tontas con mujeres demasiado listas para no darse cuenta de que el doctor Gallardo no buscaba en ellas el amor, sino insulsos brotes de entusiasmos abocados únicamente a satisfacer mi vanidad de macho, pero sin que mediara la intención de volver a tropezar en la misma piedra.

Era imposible reincidir. Me lo impedía el temor a perderla.

Luego, cuando cayó enferma aquel temor incluso llegó a curarme de mis torpes fiebres altas que sólo dejaban en mí cierto regusto a manzana tratada con insecticida.

Fue entonces cuando más cerca estuve de ella. De hecho nada nos cautiva tanto ni nos mantiene tan próximos a los seres queridos como esa lucha forzosa contra los elementos que amenazan con destruir nuestras esperanzas.

Lo esencial era volver a casa, sentarme a su lado y discutir con ella esa interminable lista de argumentos que si no se resolvían pronto, iban a quedar flotando en el aire para siempre.

«Prométeme que no desperdiciarás tu talento de escritor», me repetía. Sin embargo fue preciso que ella muriese para que el talento que vaticinaba llegase a cuajar.

Después sí: después vino todo lo que ella había profetizado. Pero también la preocupación de verme a solas con aquel hijo y comprender que nuestro convivir se iba pareciendo cada vez más al de dos sonámbulos que transitaban por el piso del Ensanche sin más aliciente que el de recordarla.

Todo en la ciudad se iba volviendo lúgubre sin Juliana. Y el tiempo se deslizaba rápido pero insulso, como esos ríos que fluyen silenciosos hacia el mar sin verse amenizados por recovecos, cataratas o corrientes diversas.

Mi vida entonces era un discurrir sin relieves, como si las noches y los días fueran siempre tardes y los cielos se vieran siempre grises y los aromas se hubieran ahogado en la bruma contaminada que sólo olía a ciudad sin luz.

Así que, de acuerdo con mi hijo, vendí el piso del Ensanche y me trasladé definitivamente a Mas Delfín.

Reconozco que al principio el cambio no fue fácil. Todo se me iba en vigilar y cuidar lo que Juliana había construido, habilitado y decorado.

Y recordarla a ella. Especialmente cuando entraba en el invernadero. Era precisamente allí donde Juliana adquiría un relieve casi palpable. También a Canuto, el colono, le ocurría lo mismo: «No puedo entrar en este lugar sin ver a la señora.»

Según Juliana era incuestionable que las flores tienen alma. Y, por supuesto, estaba convencida de que saben discernir claramente las intenciones, los sentimientos y las reacciones de los seres humanos: «Estoy segura de que me conocen, Patricio. Las plantas, aunque tú no lo creas, saben distinguir las voces, los olores y las conductas de las personas.»

Estaba tan convencida de aquella entelequia que me hubiera parecido cruel llevarle la contraria y demostrarle que los vegetales no tenían alma ni siquiera mortal y que si brotaban, crecían y morían era porque en la tierra todo obedece al sistema establecido por el tiempo.

De cualquier forma no creo que Juliana hubiera prestado atención a mi escepticismo. Tenía demasiado arraigado aquel convivir casi demencial con las flores.

Su fanatismo floral era tan agudo que incluso había acondicionado aquel local con un sofá, sillones y mesas para que las plantas se sintieran «como en su propia casa».

Dios mío, cuántas veces nos habíamos sentado allí los dos para escuchar música (decía que la música era esencial para curar las dolencias de las plantas), mientras Canuto se ocupaba de que los tallos estuvieran libres de insectos y las raíces suficientemente húmedas.

En cierta ocasión recuerdo que me enseñó una rosa amarilla. «Contémplala, Patricio. Se está enmustiando porque sus compañeras han muerto. Creo que también ella se está muriendo de soledad.» Y le acariciaba el tallo mientras le susurraba palabras junto a los pétalos para consolarla.

El único ser que tenía prohibida la entrada en aquel recinto era Bruto, el perro que desapareció poco antes de que Gregorio y Dula llegaran de Tailandia. Pero entonces Bruto todavía estaba con nosotros y cuando entrábamos en el invernadero, Bruto se quedaba siempre junto a la puerta. «Los animales no respetan las plantas», argumentaba.

En realidad todo aquello se me antojaba una deliciosa estupidez, sin embargo debo reconocer que cuando murió Juliana comencé a dudar sobre lo que ella jamás había dudado.

El caso es que de improviso el contenido del invernadero, hasta entonces vital y vigoroso, dio en declinar vertiginosamente como si una mano gigante se empeñara en aplastar a los habitantes de aquel lugar.

Fue un deterioro casi repentino. Algo que llamaba la atención. Todo se veía como teñido de palidez y envuelto en secura. De nada valía que Canuto jurase y perjurase que él había cuidado las plantas con el mismo esmero demostrado en vida de la señora. «Es como si se hubieran enterado de que ha muerto», repetía Canuto una y otra vez.

Por unos instantes pensé que acaso Juliana hubiera tenido razón y que las flores estaban echando de menos la voz de Juliana, la suavidad de Juliana y los cuidados de Juliana. «Hay que rehacer este lugar como sea —le ordené a Canuto—. Quiero volver a verlo tal como ella lo dejó.»

También a Gregorio le impresionó aquel declinar inesperado del invernadero. Aunque entonces Gregorio era todavía muy joven, todo lo que se relacionaba con la naturaleza solía impactarle casi tanto como a su madre.

Desde niño su mayor diversión cuando veraneaba en Mas Delfín era introducirse en el bosque y hacerse con toda clase de bichos e insectos que luego trasladaba a su improvisado laboratorio para analizarlos.

«Ándate con cuidado, hijo: cualquier día esos bichos van a darte un susto.» Pero Gregorio (aunque siempre dudaba de todo y antes de decidirse a realizar algo concreto consultaba una y otra vez con sus padres), en lo tocante a su afición por los bichos y sus posibles venenos, iba muy asesorado y siempre sabía qué debía hacer para evitar problemas.

Fue aquella afición lo que le indujo a estudiar medicina: «Sólo para convertirme en un investigador, papá. No quiero seguir tus pasos. Reconozco tu mérito, pero el contacto con los enfermos me deprime.»

Gregorio era inteligente y pese a sus continuas dudas fue un buen estudiante. Además me quería. Me quería tanto como había querido a su madre. Y casi nunca daba un paso sin consultar conmigo.

Por eso cuando me anunció su futuro viaje a Tailandia me quedé perplejo:

—Siento dejarte, papá, pero es el sueño de mi vida.

Al principio todavía intenté disuadirlo:

—Pero, hijo, Tailandia está muy lejos. ¿Por qué Bangkok? ¿Por qué no buscas un lugar más cercano a España?

Pero aquella vez Gregorio no dudaba. Aquella vez tenía muy claro lo que debía hacer:

—Lo comprendo, papá; Tailandia está muy lejos, pero te prometo que nunca dejaré de comunicarme contigo. Será lo mismo que si nos separaran pocos kilometres. —Y como viera que yo todavía vacilaba—: No olvides que en Bangkok existe la Granja de las Serpientes más importante del mundo.

Esa era la razón: la Granja de las Serpientes. La pasión de toda su vida convertida en realidad. Y comprendí que debía claudicar. En realidad lo importante no era vivir separados, sino evitar que, por estar juntos, el sueño de mi hijo se viniera abajo.

—Tienes razón, no te preocupes por mí. Quedarme solo no es tan grave. En el fondo la soledad es la mejor amiga del escritor.

No tenía derecho a retenerlo: sus notas (siempre brillantes) y su reconocida afición al trabajo no merecían que yo le pusiera impedimentos. Gregorio siempre había sido un hijo consecuente, y jamás nos había causado disgustos. Al contrario, debía mostrarme satisfecho por haber conseguido que, gracias a sus propios méritos, el Instituto Pasteur le hubiera ofrecido un puesto relevante en el laboratorio de Bangkok, en cuanto terminó el doctorado.

Le abracé, le di la enhorabuena y le prometí que algún día viajaría a Tailandia para visitarlo.

En aquella época Gregorio y yo todavía discurríamos como dos buenos amigos y, aunque físicamente nos parecíamos, nadie nos consideraba padre e hijo.

—Podríamos pasar por hermanos, papá —solía decirme con cierto tono guasón—. Todavía eres demasiado joven para que la gente crea que tienes un hijo de mi edad.

A veces incluso me gastaba bromas:

—Vamos, papá, anímate a casarte otra vez. Me tranquilizaría mucho saber que has encontrado a la mujer adecuada.

Con frecuencia Gregorio solía expresarse como se expresaba Juliana. También ella, si hubiera podido hablarme, me hubiera aconsejado que volviera a casarme:

—No es bueno que el hombre esté solo; lo dice la Biblia.

Pero mi respuesta siempre era la misma:

—Estoy mal acostumbrado, hijo. Dudo mucho que pueda encontrar otra mujer como tu madre.

Por eso nada importaba que la distancia que mediaba entre España y Bangkok fuera tan considerable y que los aullidos de la nostalgia a veces me causaran insomnios: incluso en la lejanía estábamos unidos. Era una unión que jamás se cansaba de serlo. Una unión sólida que nunca se rompía. Que siempre andaba al quite de lo que mutuamente podía ocurrirnos.

Y es que en el fondo había un común denominador que nos ataba estrechamente: la admiración que ambos sentíamos el uno por el otro, y la comprensión y la necesidad de comunicarnos para no dejar nada en el tintero, y ponernos al día de nuestras vicisitudes y problemas.

Luego estaban mis libros. «¿Has recibido mi última novela?» Gregorio sabía «leer». Gregorio no era un lector que se «traga» las obras sin saborearlas. Jamás perdía el hilo de lo que yo había querido expresar. Por eso sus críticas eran siempre tan gratificantes.

Incluso cuando continuaba vigente aquella costumbre de Gregorio de mostrarse dubitativo en lo que se refería a sus problemas: «¿Crees que no me equivoco, papá? ¿Puedo seguir adelante?»

Y no se tranquilizaba hasta que yo le decía: «Confía en tu criterio, Gregorio; por supuesto no te equivocas.»

Por eso, cuando ahora pienso en lo que vino después, me cuesta tanto descubrir dónde estuvo el fallo. Nada en apariencia tiene lógica. Nada obedece a las reglas establecidas entre Gregorio y yo desde que, hace ya diez años, se instaló en Bangkok.

A veces pienso que acaso alguno de mis libros hubiera podido despertar en él recelos acerca de cosas que tal vez no supe ocultar. No obstante, por más que he repasado los pasajes de mis novelas vagamente «peligrosos», no he sido capaz de descubrir el yerro.

Lo cierto es que cada vez que he dado forma a una historia novelada, lo he hecho al margen de mi propia historia real, y nada de lo que he escrito a lo largo de todos estos años obedece a la verdad de mi vida.

Es muy posible que en algunos pasajes se haya colado algún fragmento de nostalgias, de miedos, de esperanzas o de errores exclusivamente míos; es evidente que la vida esta plagada de escondites: «Todos escondemos algo —me dijo en cierta ocasión Rodolfo Liaño—. Probablemente esa es la razón por la que, a veces, los humanos nos sentimos tan distanciados los unos de los otros.»

Pero por muy sagaz que fuera mi hijo, dudo mucho que esos débiles desvíos literarios lo hayan puesto en trance de radicalizar tan estrictamente sus posiciones.

Fueron muchos años de comunicación estrecha, de confidencias versátiles y multiformes, de apoyos mutuos e incondicionales, de todo lo que, en fin, afianzaba nuestra condición de padre e hijo y la seguridad de que, por mucho tiempo que transcurriera y por mucho espacio que mediara entre nosotros, jamás íbamos a perdernos el uno al otro, para que, de pronto, el sólido tinglado de nuestro trato se hubiera ido a pique.

Y lo que es peor, el desmoronamiento se produjo de repente, sin que hubiera intervenido antes un signo de alerta, ni los ecos de aquella nada que me estaba aguardando, me hubiesen augurado lo que iba a ocurrir.

De pronto fue el silencio. Un silencio drástico que, al principio, todavía me resistía a aceptar como algo real. Después surgió el bloqueo.

Fin de la confianza mutua, fin de la comunicación constante, fin de su voz (siempre cálida y confidencial) y, por supuesto, fin de aquella compañía entrañable que durante siete años jamás se había interrumpido aunque tuviese que atravesar el espacio burlando: mares, ríos, ciudades y dudas.

Así hemos vivido Gregorio y yo tres años. Tres largos años de interrogantes y sombras.

Hasta que de pronto sonó el teléfono.

❋   ❋   ❋

—De modo que tu hijo por fin ha dado señales de vida.

Tal como Patricio esperaba, Paula Civanco está ahí, en la playa tomando el sol sobre una toalla rosa y adoptando la postura de mujer irresistible que hace seis años tanto encandiló al doctor Gallardo.

—¿Y se puede saber qué te ha dicho? ¿Cómo ha justificado su silencio?

—No me ha dado explicaciones. Únicamente me ha pedido un favor.

La respuesta exaspera a Paula. Se vuelve agresiva. Es una agresividad deslavazada, sin más arraigo que el de saberse impotente para vencer las dificultades con suavidad.

—Y tú le habrás dicho que bueno, que todo lo que quiera, que para eso eres su padre.

Se expresa nerviosa, aunque tiene conciencia de que los equívocos entre el padre y el hijo le tienen sin cuidado y que en el fondo, si se altera, es para que Patricio Gallardo pueda desahogar esa especie de tristeza que lo viene agarrotando desde que Gregorio decidió ignorar a su padre.

—Exactamente.

Paula se vuelve de lado y se baja el tirante del biquini para que el sol unifique el tono de su piel.

—Tú verás lo que haces —dice.

De momento lo que el doctor Gallardo hace es contemplar la espalda de esa mujer mientras se pregunta como ha podido pasar tantos años a su lado.

Resulta muy difícil definir a Paula. Tal vez lo que más encaja con ella es el factor sorpresa. Todo en ella sorprende: su indiscutible belleza de muñeca Barbie, las proporciones increíblemente perfectas de su cuerpo, los deslumbrantes ojos azules que más que mirar parecen devorar. Luego está su larga melena rubia, siempre enarbolada por el viento, y sus posturas de modelo civilizada y decadente, pero perfectamente adaptada a los refinamientos del sexo más salvaje.

—Y ¿se puede saber qué te ha pedido Gregorio?

—Que me haga cargo de Miguel hasta que él y su mujer se hayan instalado en Brasil.

De pronto Paula reacciona, se inclina, se vuelve hacia él y con los ojos muy abiertos se dispone a increparlo:

—¿Así, por las buenas? ¿Y no ha sido capaz de pedir disculpas por la forma de comportarse contigo?

—No precisa disculparse, Paula. Me basta que mi hijo haya decidido romper la barrera que nos separaba.

Paula no insiste. ¿Para qué? En fin de cuentas, lo que ella puede aportar nada va a cambiar la situación. Paula lleva ya mucho tiempo asumiendo ese papel de mujer espectacular pero vacía que el escritor le adjudicó desde que se conocieron pocos días antes de que se inaugurara el hotel Verde Mar en las afueras del pueblo vecino.

Además es consciente de que, cuando ella se expresa, Patricio no la escucha. Ni siquiera le presta atención si, en un arranque de buena voluntad y cargando pilas con cierta dosis de valentía, se decide a opinar sobre sus obras.

A Patricio las opiniones literarias de Paula le parecen siempre vulgares, o infantiles o escasas de valores interesantes y, por descontado, carentes por completo de sentido común.

—Mira, Paula, que estés ligada a un escritor no te obliga a compartir también sus creaciones literarias.

A veces Patricio puede ser verdaderamente cruel con Paula. Sobre todo cuando ella se empeña en confundir lo que Patricio escribe con su vida real:

—¿Me crees tan idiota como para exponerme a que se me compare a mis personajes?

Tampoco le gusta que Paula, cuando se reúne con sus amigos de tertulia, se empeñe en mostrarse ante ellos como una mujer culta y sobre todo que presuma de conocer a Patricio «mejor que nadie» por el simple hecho de ser su amante.

—Métete en la mollera lo que voy a decirte, Paula: ni me conoces ni espero que algún día llegues a conocerme. Si me conocieras jamás te permitirías vestir como vistes, ni hablar con ese timbre de voz que tanto me exaspera, ni te prestarías a repetir lugares comunes cuando departimos con mis amigos.

No obstante, Paula, aunque la crueldad de Patricio la hiere profundamente, enseguida olvida lo que le ha dicho. Lleva demasiado tiempo soportando sus continuos exabruptos para que el dolor le dure.

Además Patricio, por mucho que pretenda hundirla, también utiliza resortes que logran encumbrarla hasta lo más elevado. Especialmente cuando la presenta a todo el mundo como su musa.

A veces la jovialidad de su amante, por mucho que intente camuflarla de suficiencia, desborda su lado negativo y consigue incluso que Paula sea feliz. Entonces, cuando ocurre eso, es lo mismo que si los seis años de relación común, no hubieran existido y los dos acabaran de conocerse.

La primera vez que se vieron fue en el hotel Verde Mar, poco antes de que se celebrara la fiesta de su inauguración. Entonces Paula tenía dieciocho años metidos en un cuerpo espigado y perfecto y sabía utilizar con maestría un juego de ojos capaz de trastocar el resto de las miradas. Por algo la empresa del hotel la había contratado como relaciones públicas.

«Jamás he visto una aparición más deslumbrante», le comentó Patricio a Rodolfo Liaño.

Fue aquella una velada estridente en la que el alcohol, la música de ritmos exacerbados y el ambiente fogoso, repleto de torpezas sensibleras, contribuyó notablemente a confundir las sensaciones con el sentimiento.

A menudo el ser humano cree abrir la puerta que conduce al paraíso y se encuentra de pronto cayendo al vacío.

Todo era disparatado, pero todo contribuía a que el impacto causado por una Paula jovencísima, de mirada agresiva y cuerpo impresionante acabara siendo la razón de la noche para Patricio.

Después todo fue una inesperada acumulación de circunstancias que no hubo forma de evitar.

Aquella noche Patricio soñó con ella. La imaginó tan inteligente como bella y tan oportuna como atractiva. Y por su lado Paula tuvo la certeza de que Patricio era el amor de su vida y que jamás podría querer a otro hombre como lo estaba queriendo a él.

De cualquier forma algo quedó muy claro entre ellos desde el inicio de aquel impetuoso romance: «Nada de ataduras. Nada de vivir juntos. Nada de perder la libertad.»

Con frecuencia las fogosidades excesivas suelen tener también momentos de lucidez (pequeñas chispas clarividentes entre burguesas y bohemias) capaces de frenar las alocadas precipitaciones de algunas víctimas del entusiasmo. Fue una buena medida porque Patricio comenzó muy pronto a cansarse de Paula.

No obstante y aún teniendo en cuenta las reservas que esa mujer le suscita, no deja de reconocer que, pese a su forma de vestir (siempre exagerada, provocativa y con cierta dosis de cursilería), Paula ha sido un elemento de peso en el prestigioso y elegante hotel Verde Mar.

Por eso la dirección de la empresa no sólo la mima y le concede todo lo que ella pide (siempre que cumpla con sus obligaciones de relaciones públicas), sino que incluso fomenta sus veleidades amorosas con Patricio porque «ser la musa de un escritor famoso» no deja de ser un motivo de gran prestigio para el hotel.

Por lo demás, nada en Paula resulta complicado. Tiene la vida asegurada, la belleza asegurada y, según ella cree, el amor de su vida asegurado.

En cuanto al hotel (cada vez más rebosante de jeques árabes, de millonarios americanos y de actores mundialmente famosos), también tiene asegurada la fluidez de su clientela incluso en invierno, gracias a las instalaciones deportivas, a las piscinas de agua caliente y a todo lo que la desbordante imaginación de las mentes arribistas puede codiciar. Especialmente desde que la cabeza pensante de la afortunada empresa hotelera tuvo la feliz idea de lanzar unos catálogos dirigidos a todos los lugares escandalosamente ricos del mundo, con la efigie de Paula, escasa de ropa y sobrada de encantos, respaldada por una frase que inmediatamente causó furor y que irremisiblemente vino a enterrar la manida expresión «España es diferente». La frase rezaba: «Conozca a la España de alto voltaje.» Y allí estaba Paula para confirmar el voltaje que el catálogo del hotel Verde Mar anunciaba.

—Habrá que felicitar al inventor de ese catálogo. Lo que ahora interesa no es que España sea diferente sino que «supere» en igualdad a todos los países del mundo —le dijo Liaño en cuanto lo tuvo en sus manos.

—Y se está superando con creces —respondió Patricio.

Sin embargo, los cuerpos más perfectos y las fantasías sexuales más refinadas también pueden acabar convertidas en material de derribo. Tal vez por eso, a pesar de su belleza, Paula lleva ya bastante tiempo desposeyendo inadvertidamente al doctor Gallardo de aquella fogosidad que parecía tan apremiante y tan inmarcesible.

Sobre todo ahora. En vano Patricio, desde que ha bajado a la playa, contempla su cuerpo medio desnudo tendido sobre la arena, y en vano trata ella de despertar en él aquella mezcla de ternura rabiosa y devoción embrutecida que antaño la colmaba de felicidad y fe en el futuro.

Ahora Paula sólo es para él una especie de maniquí que se mueve y respira mientras se somete pacientemente a los rayos de un sol proclive a proporcionarle un indiscutible y sonoro cáncer.

En realidad todo lo que podría ser grato se está esfumando al filo de la inesperada llamada telefónica de Gregorio desde Tailandia.

Nada, ni la transparencia del agua, o el deleite que suele causar en Patricio el calor de la arena, ni ese olor a salitre que tanto se había aliado siempre a los momentos más apasionados de su vida, puede superar ahora la impresión que le ha causado escuchar de nuevo la voz de su hijo.

El estupor empezó cuando Leticia irrumpió en su estudio sin pedir permiso, mientras con voz temblorosa y ojos húmedos señalaba el teléfono que descansa en su mesa de trabajo:

—Rápido doctor, agarre el auricular, su hijo lo está llamando desde Bangkok.

De momento el doctor Gallardo no reaccionó. Le resultaba imposible asimilar lo que Leticia le estaba diciendo.

—Vamos, doctor, por favor, no pierda el tiempo: Gregorio quiere hablar con usted.

A veces Leticia se desmadra, y al desmadrarse puede sumergirse en las más inauditas fantasías. Pero en aquel momento estaba hablando con rotundidad y firmeza y, para demostrar que decía la verdad, se apresuró a agarrar el auricular y a entregárselo a Patricio:

—Por favor, doctor, no se quede pasmado.

Enseguida escuchó la voz de Gregorio:

—¿Estás ahí, papá?

Continuaba sin poder creerlo:

—¿De verdad eres tú, hijo? Dios, tanto tiempo sin oírte.

Luego un carraspeo. No había duda: era el clásico carraspeo de su hijo, algo que cuando estaba nervioso solía acompañar siempre su modo de hablar:

—¿Estás bien, papá?

Se lo preguntó sin demasiado entusiasmo, como si, más que interesarse por su salud, lo que pretendiera fuese cumplir un trámite de buena educación.

—Estoy bien. ¿Y tú?

En realidad tampoco la voz de Patricio sonó demasiado festiva. Es muy difícil hablar con espontaneidad cuando se nos hurta la mirada del interlocutor y, además, existe el vacío de tres años de silencio hurgando nuestras conciencias.

—Bien, muy bien.

Luego Gregorio se metió en materia:

—Te llamo para pedirte un favor. Necesito que me ayudes.

—Naturalmente, hijo. ¿En qué puedo ayudarte?

Gregorio no perdió el tiempo en disquisiciones:

—Por fin me han concedido un puesto importante en el Instituto

Butantan de São Paulo. Estrella y yo vamos a trasladarnos allí inmediatamente.

Y tras algunas explicaciones convincentes y rodeos con ciertos matices tecnicistas, planteó el motivo de su llamada:

—¿Podrías hacerte cargo de Miguel mientras Estrella y yo nos instalamos en Brasil? —Y como viera que su padre tardaba en responder—: Tendrás la ocasión de conocer a tu nieto.

Lo cierto es que Patricio, al oír el nombre de Miguel, ni siquiera se acordaba de que tenía un nieto.

—¿Me estás proponiendo que me ocupe de tu hijo?

No le resultó fácil asimilar esa idea.

—Bueno, supongo que no tendrás inconveniente. Es un niño inteligente. No creo que te cause problemas. Leticia puede ocuparse de él.

Inmediatamente reaccionó:

—Pues claro que no tengo inconveniente. Al contrario, estaré encantado. ¿Cuándo vas a mandármelo?

De nuevo la sensación de estar soñando y de que nada de cuanto estaba oyendo podía ser verdad:

—¿Hasta cuándo quieres que se quede conmigo? –preguntó enseguida.

—Si no te estorba quisiera dejártelo todo el verano. Estrella y yo vamos a necesitar algún tiempo para solucionar varias cosas pendientes y adaptarnos a nuestra nueva vida.

Gregorio hablaba deprisa, como si algo lo estuviera acuciando y los segundos se iban adhiriendo a su voz sin que diera margen a Patricio para hacer preguntas que todavía no habían sido contestadas.

—Te agradezco mucho que me confíes a tu hijo. Puedes estar tranquilo. Haré todo lo que pueda para que pase un verano feliz. Pero escucha, hijo, quisiera saber por qué motivo has...

Pero Gregorio no pretendía que su padre se saliera de los cauces que él estaba imponiendo.

—Déjate de preguntas, papá.

Gregorio tenía razón. Preguntar es peligroso. Preguntar puede echar a perder la magia de esos momentos tan fuera de contexto pero tan necesarios que Patricio venía esperando desde hacía tres años.

—También yo te agradezco que te hagas cargo de mi hijo. —Y antes de que su padre pudiera responderle—: Quisiera hablar con Liaño. Necesito darle instrucciones relacionadas con el viaje del pequeño.

Casi parecía imposible que Gregorio pueda mencionar a Rodolfo con la naturalidad propia de un buen amigo.

—Liaño no está en Mas Delfín en estos momentos, pero en cuanto regrese le diré que se ponga al habla contigo.

No, nada es normal, nada tiene una explicación plausible. Tal vez el desgaste del tiempo, aunque refuerce el dolor, pueda también fomentar el olvido de nuestras torpezas. De lo contrario, ¿cómo iba a ser posible que Gregorio prescindiera tan lisamente de la agresividad y el odio que Liaño le había inspirado hacia seis años? Cómo había podido barrer tan fácilmente las provocaciones, los ataques y las acusaciones que, a lo largo de aquel verano, convirtieron a Rodolfo en un indeseable?

Sin embargo nada de todo lo que había ocurrido parecía ya afectar a su hijo. Era como si aquel verano jamás hubiera existido y la estancia en Mas Delfín se hubiera limitado a ser una envidiable balsa de aceite.

—Ahora quisiera hablar con Leticia.

Precisaba ponerla al corriente de las costumbres del niño, de sus comidas preferidas, de sus aficiones y juegos.

—Y que no se olvide de rezar por las noches y en cuanto despierte.

—Descuida, niño mío, haré con él lo mismo que hice contigo cuando eras pequeño —responde Leticia.

Le recomendó también que Miguel vea poca televisión:

—Embrutece demasiado.

—Tendré buen cuidado de todo lo que me recomiendas.

Después de nuevo solicitó hablar con su padre.

—El niño viajará solo; las azafatas se ocuparán de él. Lo único que te pido es que Liaño vaya al aeropuerto de la ciudad para recogerlo.

Después algunas palabras desarraigadas, neutrales y de poco relieve, enseguida, la despedida:

—Adiós, papá. Gracias por ayudarme.

En vano Patricio intentó retenerlo. Gregorio tenía prisa. Gregorio era esa exigencia que no tenía cuerpo, ni rostro ni voluntad de escuchar. Gregorio era únicamente una voz. Una voz entre requirente y despiadada que no se prestó a disolver incertidumbres ni a aclarar realidades. Sólo pretendió ser un sonido que impone y desconcierta.

—Estará contento, doctor. Al fin todo se ha arreglado. En el fondo, si Gregorio le manda el niño es porque se acuerda de usted y quiere compensar su silencio.

A veces Leticia, cuando intenta convencer, se agarra a un palo ardiendo que de hecho acaba por quemarle las manos:

—Al menos eso es lo que yo opino.

Pero Patricio no le contestó. Se limitó a sentarse de nuevo ante su escritorio y a contemplar la fotografía de ese nieto que pronto estaría junto a él.

Recuerda también la carta que Gregorio le había enviado con la fotografía del niño: «Tiene los ojos oscuros como su madre, pero es rubio como tú y como yo.» Y añadía que Miguel acababa de cumplir dos años: «Parece mayor. Es un niño espabilado y se da cuenta de todo.»

Por aquellos días, aunque Dula ya había muerto y Gregorio se había vuelto a casar, entre el padre y el hijo todavía había una comunicación fluida. Hablar no suponía para ellos ningún esfuerzo, antes al contrario, las palabras surgían desnudas de ficciones, y acaso enriquecidas por los acontecimientos que se habían producido tras el nacimiento del niño.

De pronto Patricio reaccionó. Se negó a pensar. Se dijo una vez más que hay que ser positivo y que lo esencial era tener conciencia de que su hijo lo había llamado por teléfono y que, aunque distante, se había mostrado correcto y no había vacilado en pedirle un favor.

Luego lentamente se fue preparando para bajar a la playa donde Paula lo esperaba.

La distancia a recorrer no es demasiado larga y el sendero discurre entre ristras de árboles profusos cuya sombra sofoca el reverbero y amortigua el cansancio.

Sin embargo Paula, desde que llegó Patricio, no estaba respondiendo como él esperaba. A veces Paula, sin saber por qué, tiene reacciones histéricas. De mujer sumisa pasa a interpretar el papel de la mujer harta, despechada y tormentosa. Y hasta se adjudica ciertas calidades de las feministas, sobrecargadas de complejos y afanes vindicativos.

—Así que dentro de poco voy a tener que ocuparme de ese nieto tuyo —insiste ella sin dejar de mirar el mar.

—No será necesario. Leticia está preparada para cuidarlo.

—Y tú, ¿qué vas a hacer?

A punto está Patricio de contestarle que lo que más desea es quedarse solo en la playa. La Paula de esta mañana lo está incordiando demasiado para soportarla. Pero calla. Se sienta a su lado y también él deja que su vista se pierda en el mar.

—Barrunto que ese tal Miguelito va a complicarnos mucho la vida.

—No veo por qué.

—Hombre, no deja de ser una lata soportar a un niño durante todo el verano.

—Nadie te obliga a que lo soportes.

Paula frunce el entrecejo. La respuesta de Patricio no le ha gustado.

—No irás a decirme que no te importaría prescindir de mí.

—Puedes hacer lo que quieras. No voy a retenerte, Paula.

Y al instante ella reacciona. Se acerca a él, le pasa la mano por la cabeza:

—¿Estás seguro de que no vas a necesitarme?

Patricio cierra los ojos. El peso de la mano sobre su cabeza se está volviendo insoportable:

—Por mí puedes evadirte hasta que el niño se vaya.

De pronto Paula se vuelve zalamera:

—¿Y no vas a aburrirte sin mí?

Patricio se vuelve hacia ella y la contempla con aire de guasa:

—También me aburro contigo. ¿No te has dado cuenta?

Pero ella no se ofende. Está convencida de que Patricio bromea.

—Tu respuesta no es muy amable.

—Tampoco pretendo que lo sea. En realidad casi todo el mundo se aburre, Paula. Uno sólo se divierte cuando la vida nos presenta una novedad. Sin embargo, en el instante en que esa novedad se convierte en rutina el aburrimiento reaparece.

Aunque Paula no lo capte, Patricio en estos momentos está deseando herirla. Es su forma de vengarse de sus continuas insulseces y gazmoñerías. Ni siquiera le importa que Paula, perpleja, lo contemple ahora con esa expresión de mujer turbia incapaz de entender que un hombre tan apasionado como Patricio pueda expresarse de ese modo, como si hacer el amor con ella no le compensara de ese cúmulo de ignorancias que siempre le está reprochando.

—No te alarmes. En fin de cuentas, «aburrirse» no es un verbo peyorativo. Sin aburrimientos nadie pensaría. Al menos yo, cuanto más me aburro más me predispongo a pensar. En el fondo la creatividad nace siempre del aburrimiento.

Aunque Paula no acaba de comprender, lo que le ha dicho Patricio se le antoja convincente. Y hasta le agradece que se exprese de ese modo porque lo que le ha expuesto probablemente suaviza la crudeza de su anterior impertinencia.

Lo cierto es que a Patricio, cuando está a solas con Paula, casi siempre le acucia esa imperiosa necesidad de desorientarla y aturdirla (no sabría definir si por sadismo o por defenderse de su insultante insulsez), acaso porque sabe con certeza que bastará tenderle una mano para que Paula vuelva a él como si tal cosa.

—Así que te aburres a menudo.

—Sobre todo cuando estoy acompañado.

Los dos se miran. Sonríen. Con frecuencia los insultos más punzantes dejan de serlo cuando median sonrisas.

No obstante, por si acaso, Paula cambia de conversación:

—Así que Estrella y Gregorio van a instalarse en Brasil.

—Parece que en São Paulo la Granja de las Serpientes es todavía más importante que la de Bangkok.

Paula mueve la cabeza de un lado a otro y pone cara de no entender los gustos de ciertos científicos:

—Siempre con la dichosa Granja de las Serpientes a cuestas. Me pregunto qué andará buscando tu hijo en ese mundo de los venenos. En fin de cuentas los venenos no pueden traer nada bueno.

Pero Patricio ya no la escucha.

Lo importante es analizar la raíz de esa llamada telefónica que todavía no comprende. Y proyectar la forma de enfocar la llegada de su nieto. Y, sobre todo, buscar el modo de que esa nueva conexión con Gregorio jamás vuelva a deteriorarse.

❄   ❄   ❄

La noche ha sido larga. El insomnio se ha apoderado de mí en el mismo instante en que he creído conveniente cerrar los ojos. Cuando los insomnios se convierten en losas, no hay forma de liberarse de ellos.

De nada ha valido tomar tranquilizantes y asomarme vanas veces al balcón de mi estudio para contemplar ese mar que siempre ejerce de sedante cuando noto que las descargas de adrenalina son excesivamente copiosas. El paisaje que se me ofrece suele devolverme la calma y esteriliza mis inquietudes.

Pero esta noche no. Esta noche, tal como yo suponía, las alimañas del recuerdo han vuelto a despertar. Y ahí están de nuevo las escenas vividas, tan claras y punzantes como el tiempo no hubiera pasado y los desgarros de antaño volvieran a escocerme.

Mi nieto Miguel: Nunca imaginé que algún día Gregorio fuera a pedirme que me hiciera cargo del pequeño durante tres meses. En el fondo va a ser lo mismo que recobrar a Gregorio cuando tenía su edad. Sólo que entonces Juliana vivía y ocuparse del niño no constituía una responsabilidad tan relevante.

En momentos así es cuando Juliana se vuelve imprescindible. Con ella probablemente nada de lo que ocurrió hubiera sucedido y, por supuesto, Miguel estaría mejor atendido cuando se instalara en Mas Delfín.

También Gregorio piensa así: estoy seguro. Para él su madre era la esposa perfecta que todo lo solucionaba. Cuántas veces me había dicho que jamás se casaría porque encontrar otra mujer como ella era impensable. Sin embargo, al poco tiempo de instalarse en Bangkok me anunció que había decidido contraer matrimonio. «No vas a creerlo, papá, pero he tenido que viajar a esta bendita tierra para dar con la mujer adecuada.»

Durante varios meses Gregorio, cuando comunicaba conmigo, no hacía más que hablarme de ella: «Ha cambiado mi vida, papá. Nunca pude imaginar que existieran mujeres como Dula.» Y rompía a describirla con la minuciosidad de un orfebre: «También es médico como nosotros.» Al parecer se había graduado en la Universidad de Chulalongkorn y era miembro de una familia honorable, católica y democrática compuesta de padre español y madre tailandesa. «Supongo que vendrás a la boda, verdad, papá?»

Entonces entre Gregorio y yo todo era sencillo y hablar por teléfono se había convertido en una costumbre tan arraigada, que dejar de hacerlo hubiera supuesto una verdadera anomalía.

Enseguida recibí la fotografía de la novia. No era alta ni destacaba por nada en concreto. Recuerdo que en cuanto llegó a mis manos se la enseñé a Rodolfo.

—Ahí tienes a mi futura nuera —le dije.

Liaño estuvo contemplándola un buen rato.

—No parece una mujer corriente –exclamó—. Si fuera posible compararla con algo que no fuera humano, diría que viene a ser como una puerta cerrada que esconde extraños interrogantes.

No entendí lo que quiso decirme. Pero en aquellos momentos lo que Rodolfo Liaño pensara de Dula me tenía sin cuidado.

—Muy apropiada para tu hijo —añadió—. Tiene una mirada inteligente.

En cambio, yo no era capaz de ver en la efigie de Dula nada más que unos ligeros rasgos orientales, un cabello negro y unos ojos enormes apenas rasgados.

En cuanto a Gregorio, nunca se cansaba de ponderarla. «También a Dula le interesa la investigación herpetológica, papá.» Al parecer se habían enamorado mientras trabajaban en un mismo análisis relacionado con un reptil. Pero fue al filo de una extracción de veneno cuando surgió el verdadero amor: «Curioso, ¿verdad, papá?»

El hecho es que yo tenía todo preparado para trasladarme a Tailandia con la finalidad de asistir a la ceremonia de la boda, cuando ocurrió el accidente.

Liaño lo describió como «uno de esos resbalones del destino» que a veces suelen dar al traste con los proyectos más seguros. Pero lo cierto es que aquel resbalón fue provocado por un coche que venía en dirección contraria, que chocó frontalmente contra el mío y que estuvo a punto de mandarme al otro mundo.

Su conductor era inglés y aún no había comprendido que circular por la derecha es algo más que llevar la contraria a su país.

Resultado: una pierna rota, un brazo descoyuntado y el consabido magullamiento general que me impidió drásticamente viajar a Tailandia.

Recuerdo que Gregorio, obsesionado en no casarse si yo no estaba presente, se empeñó en cambiar la fecha de la boda. Me negué rotundamente: «No voy a permitir que por culpa de ese hijo de la Gran Bretaña se alteren vuestros planes.» Incluso Dula estaba dispuesta a esperar a que yo me repusiera: «Me hubiera gustado conocerte personalmente antes de la boda», me dijo por teléfono.

Pero al final se casaron sin que yo estuviese presente.

A partir de entonces las llamadas telefónicas de mi hijo se multiplicaron. «¿Estás mejor, papá?» Y enseguida rompía a hablar de la mujer con la que se había casado: «Yo no sé si es bonita, papá. Sólo sé que ninguna mujer se parece a ella.» E insistía mucho en que Dula estaba hecha de un material que no se ajustaba al de las otras personas de su sexo: «Te aseguro que es distinta, papá. En cuanto la conozcas, vas a comprenderlo.» Lo cierto es que cuando Gregorio rompía a hablar de Dula se volvía tan locuaz, que lo difícil era despegarlo del teléfono: «Vamos, hijo, cuelga ya. Vas a gastarte una fortuna.»

Así pasaron cuatro años. Cuatro años de constantes intercambios de ideas, opiniones y consultas. Gregorio parecía feliz. Se le notaba la felicidad en la forma de reír, de gastarme bromas, de exponerme sus continuas dudas: «¿Crees que a Dula le gustará que le regale un broche de esmeraldas en forma de serpiente?», o «Quizá por Navidad me decida a recopilar todas tus obras y encuadernarlas en piel. A Dula le parece que los libros deben tener una apariencia digna, sobre todo si esos libros son importantes, como los tuyos. Pero ¿qué color me aconsejas?»

Era evidente que su tendencia a dudar continuaba en él tan arraigada como antes. «Vamos hijo, decídete de una vez a caminar solo. No anules tu criterio. Eres demasiado inteligente para andar con paso vacilante.»

Recuerdo que en cierta ocasión me atreví a preguntarle cuándo pensaban hacerme abuelo. Pero al instante comprendí que jamás debí formular aquella pregunta. La voz de Gregorio se volvió grave, y su respuesta se me antojó algo seca: «Cuando Dios quiera. Nosotros lo deseamos tanto como puedes desearlo tú.»

Pero el deseo no cristalizaba y los años iban sucediéndose sin que el matrimonio diera de sí más que descubrimientos científicos.

Sin embargo, las comunicaciones telefónicas no cesaban y la camaradería entre él y yo se iba estrechando cada vez más. A veces Gregorio incluso se permitía bromas que rebasaban su condición de hijo. Y es que en realidad lo que nos unía era, sobre todo, una indiscutible y firme amistad: «Me preocupa que no vuelvas a casarte, papá. Qué ocurre con las mujeres? ¿Se han vuelto todas lesbianas?»

En aquella época yo todavía no conocía a Paula. «No es culpa de las mujeres: sigo teniendo buenas amigas. Pero ya sabes lo que me ocurre: ninguna de ellas puede sustituir a tu madre.»

Durante aquellos cuatro años fueron muchos los acontecimientos que se sucedieron hasta la llegada de aquel verano.

Sin darme cuenta mis obras iban acumulando premios, traducciones y un número considerable de estudios literarios, que Rodolfo Liaño se apresuraba a coleccionar «para que el día de mañana tus nietos sepan quién era su abuelo». No se daba cuenta de que el mañana ya estaba allí y que mis nietos brillaban por su ausencia. Pero aquel año la esperanza todavía era una alternativa lógica y Rodolfo no se apeaba de su optimismo.

Parece que lo estoy viendo, entrando en mi estudio con aquel modo desenfadado que tanto exasperaba a Gregorio mientras se acercaba a mi mesa y contemplaba la fotografía de Dula: «Cuesta imaginar que una mujer tan frágil y tan poca cosa pueda ser un médico importante», bromeaba.

Rodolfo Liaño siempre ha tenido fama de ir con la verdad por delante aunque escueza mucho: «No hay que andarse con tonterías: La verdad es como el yodo, sólo duele cuando cura.» Sin embargo a él la verdad de Dula nunca llegó a curarlo. Al contrario. Llegó a convertir aquella verdad en una de las mentiras más dolorosas de su vida. Por eso ahora cuando la menciona tiene tanto empeño en convertir a mi nuera en algo parecido a una fantasía. «Estaba hecha para ser aire pero alguien se equivocó y la convirtió en fuego.»

Debo admitir que a veces Rodolfo me desconcierta. Aunque para mí siempre ha sido un libro abierto (a fuerza de observar sus gestos, sus manías, sus tics y hasta sus inflexiones de voz), en el libro de su vida ha habido ciertas páginas en blanco en las que nunca he llegado a averiguar qué tipo de confesiones Rodolfo hubiera escrito en ellas.

Antiguamente sí. Antiguamente bastaba contemplar su mirada (incapaz de ocultar emociones) y aquella manera de morderse el labio superior, o simplemente verlo hacer esfuerzos para sonreír cuando su humor estaba por los suelos, para averiguar enseguida en qué consistían sus verdaderos sentimientos, sus pequeñas cobardías o sus ocultas heroicidades.

Fue después cuando Rodolfo se volvió opaco para mí. Sobre todo cuando Gregorio, ciego de rabia, dio por echarle encima lastres de miserias que él supo aguantar estoicamente sin quejarse.

De cualquier forma, pase lo que pase, yo ya no podía prescindir de Rodolfo. Como buen secretario sabe organizar, proyectar y, sobre todo, es un verdadero maestro tratando a la gente.

Sus recursos son inagotables: juega al bridge, al tenis, al golf y al padel. Además es capaz de sustituirme en todo lo que me veo incapaz de soportar, y en lo que se refiere a las mujeres nada se le pone por delante. Su buena presencia, su educación intachable y el buen gusto que le inculcaron desde la infancia constituyen elementos inapreciables para crear en torno a él ese tipo de atmósfera que encandila a las mujeres.

Jamás discute: «¿Para qué? Discutir es siempre un desvío del amor propio —suele decir—. La discusión y la capacidad de indignarnos destruye la eficacia de la experiencia.» Y poniendo cara de persona resignada: «La verdad, Patricio, nada me dolería más que perder mi derecho a la experiencia. Cuesta demasiado adquirirla.»

Todavía recuerdo con emoción el día que Gregorio me anunció que por fin Dula y él iban a pasar sus vacaciones en Mas Delfín. Se trataba de unas vacaciones largas (de primeros de julio a finales de septiembre) porque desde que se habían casado nunca habían disfrutado de un ocio satisfactorio: «Será preciso planear para tus hijos un verano inolvidable. Cinco años de ausencia son muchos años», comentó Rodolfo.

Y con su acostumbrada eficacia se dispuso a repasar los fallos de Mas Delfín para que Gregorio y su mujer disfrutaran ampliamente de las ventajas que la finca podía ofrecerles.

De pronto todo en casa se trastocó. Hasta Leticia andaba soliviantada para conseguir que «el señorito Gregorio no eche de menos los cuidados que le prodigaba la señora, que en gloria esté». A Leticia siempre le ha gustado intercalar evocaciones de Juliana cuando viene al caso. Tiene la impresión de que cada vez que la nombra se produce una especie de resurrección. Al menos ésa es la explicación que da Rodolfo: «Es el recuerdo lo que resucita a los muertos queridos.»

Recuerdo que aquel mes de julio coincidió con la torridez de un verano esquizofrénico que provocaba incendios constantes.

Además hubo otro incidente desagradable: la desaparición de Bruto, aquel mastín que Juliana había conocido siendo cachorro y que siempre me acompañaba en mis correrías por la finca. Fue una desaparición súbita como si la tierra se lo hubiera tragado. Nadie supo nunca dónde pudo haber ido a parar aquel perro. El desconcierto era cada vez mayor. Se llegó a pensar que acaso se hubiera despeñado por los acantilados, pero Canuto, el colono, experto en escaladas difíciles, se lanzó a buscarlo por los recovecos más peliagudos, sin hallar el menor rastro del animal.

Por lo demás, todo llevaba trazas de convertirse en un verano perfecto. Hasta los cerezos se veían pletóricos de frutos hinchados, oscuros y jugosos. Luego estaba la solemnidad de los árboles sobrecargados de ramas barrocas, ricas en flores y hojas.

A pesar del calor y los incendios, aquel año había sido generoso en lluvias y, aunque los eternos descontentos se hartaban de decir que la naturaleza se había abuhado por culpa de tanta agua y que sí, aunque la sequía fuera mala, peor eran los aguaceros porque la vegetación crecía demasiado y la hojarasca, en cuanto se secaba, causaba incendios, lo cierto era que nunca como aquel verano el campo había alcanzado semejante grado de belleza, y el aire que se respiraba jamás había sido tan nítido.

Luego estaba el invernadero: aquel extraño templo de flores y plantas que Juliana nos había dejado en herencia, otra vez rebosando vitalidad tal como ocurría cuando su dueña vivía y cobijarse en él era lo mismo que introducirse en un túnel luminoso enrejado de perfumes diversos que se metían pulmón adentro como si pretendieran ensancharlos de inquietudes nuevas.

Todavía recuerdo la sensación que experimenté aquella mañana cuando, al despertar, tomé conciencia de que Gregorio por fin iba a llegar a España después de cinco años de ausencia.

No era exactamente alegría simple y llana lo que sentía. Era mucho más. Tal vez una especie de orgullo adobado con la ternura que siempre había experimentado por mi hijo, y mezclado todo eso al apremio de volver a verlo, de contemplar sus ojos y de escuchar su voz sin la intervención de esos artilugios inventados por el hombre para burlar el tiempo y el espacio.

Recuerdo que al levantarme estuve un buen rato mirándome al espejo y preguntándome qué pensaría Gregorio de mi aspecto. No tenía mal semblante. Mis canas quedaban todavía medio ocultas por el rubio de los cabellos y mis ojos azuleaban muy claros al contraste de mi piel tostada.

Bajé luego a la terraza para otear desde allí la carretera que descendía zigzagueante desde lo alto a la explanada contigua a la casa. El aire era nítido y la atmósfera, impregnada de sol y de quietud, serenaba el paisaje, el mar y el arbolado del bosque.

Todo era sosiego. Hasta los sonidos del mar se escuchaban lejanos, tanto que incluso a veces el rumor del cabeceo de los árboles, los trinos de los pájaros y el remote graznido de las gaviotas podían más que los oleajes de la bahía.

De pronto el ronquido del motor bajando por la cuesta absorbió por completo cualquier resonancia.

Rápidamente salté por encima del seto para salir al encuentro del coche.

Creo que detrás de mí también Leticia, Rosario y Canuto iban corriendo por la explanada.

✳   ✳   ✳

Cuando Gregorio descendió del coche nos quedamos los dos medio paralizados frente a frente, como si algún resorte desconocido nos impidiera movernos. Nada parecía real. Era lo mismo que si estuviéramos soñando.

Enseguida el abrazo. Y la emoción callada y la garganta bloqueada por una congoja llena de alegría que nos impedía hablar.

Luego las exclamaciones: inconexas y entrecortadas por la impresión de volver a vernos. Y los palmeos en la espalda y ese mundo de cosas que pugnaban por abrirse paso traducidas en exclamaciones sin sentido pero que poco a poco iban recobrando, a fuerza de sensatez, su derecho a ser palabras concretas.

Luego los abrazos de Leticia, sus lágrimas, sus expresiones de emoción, sus caricias de vieja emocionada:

«Por fin, niño mío, por fin.»

Y los saludos de Canuto entre sumisos y audaces porque también él había conocido a mi hijo cuando era un niño pequeño: «Vaya mocetón que estás hecho.»

También Rosario intervenía. Descargaba maletas, sonreía. «Es la nueva camarera», aclaraba Leticia.

De Dula nadie se acordaba. Por más que intento evocarla en aquellos momentos, no consigo localizarla. Probablemente se había quedado junto a la puerta del coche, dialogando con Rodolfo Liaño, porque de hecho había sido Rodolfo el que los había recogido en el aeropuerto del Prat.

Ni siquiera puedo reconstruir nuestro encuentro cuando Gregorio me dijo: «Te presento a Dula, papá.» Sólo puedo evocar la voz de mi hijo hablándome de ella, pero sin recordar los detalles ni tener conciencia de lo que le dije ni de lo que ella me dijo. Tampoco puedo saber si, al vernos, la besé o le estreché la mano. Es como si algo más fuerte que mi memoria se hubiera empeñado en borrar cualquier trazo de aquella escena.

Lo único que no he olvidado es su perfume: aquel inconfundible olor a violetas que de pronto y sin venir a cuento se adueñó de todas las fragancias de la campiña.

Lo cierto es que en aquellos momentos Dula era sólo un bulto para mí. Un bulto grato que carecía de color, de sonidos y de relieve. Y es que, sin duda entonces, lo único que contaba era la recuperación de mi hijo: volver a tenerlo allí convertido en un hombre completo. Y escuchar su voz y admirar su aspecto ya tan maduro. No, en aquellos momentos no pensaba en nada más. Lo contrario jamás hubiera encajado en mis esquemas. Lo contrario podía ser pasto de una mente desequilibrada con tendencia a inclinaciones malsanas y retorcidas.

Y a fuer de sinceridad, debo reconocer que nada más lejos de mí que introducirme por callejas dudosas convertidas en cepos para exponerme a perderme en otras dimensiones que no eran las propias de un hombre dispuesto a contribuir con toda el alma a que Gregorio fuera feliz.

Sin embargo, ahora todavía no comprendo cómo he podido olvidar tan rotundamente las minucias de aquel encuentro. A veces el olvido de ciertos detalles es tan inexplicable como esos vapores que brotan de la tierra tras una lluvia canicular y que, pese a su densidad, se esfuman enseguida sin dejar huella.

En realidad no tomé contacto con mi nuera hasta la hora de la cena, cuando Dula, tras permanecer un buen rato en la habitación para deshacer las maletas, se presentó en el salón donde su marido, Liaño y yo veníamos departiendo desde que habían llegado.

De pronto la vi comparecer vestida de blanco con un traje vaporoso y caminando con suavidad probablemente para no llamar la atención y evitar que nuestra charla se interrumpiera. Fue entonces cuando por primera vez pensé que Dula no parecía una mujer de carne y hueso, sino una especie de vapor con forma de mujer.

La estoy viendo ahora, el ademán sosegado, indicándonos que no nos levantáramos para no estropear la conversación. Y enseguida la veo acurrucándose junto a las piernas de su marido mientras se sentaba en el suelo.

Era evidente que pretendía pasar inadvertida. Y que, aunque los temas que se plantearon carecían de nexos cercanos a ella, no por ello dejaban de interesarle. Se comprendía su interés por la forma de mirar a su marido y por aquella placidez que le producía verlo feliz mientras Gregorio iba proyectando evocaciones de su infancia y su adolescencia:

—¿Recuerdas el laboratorio que monté en la buhardilla?

Todo volvía a convertirse en algo vigente.

—Tu madre se desesperaba —le dije—. No podía soportar tanta lagartija y tantos insectos metidos en cajitas por aquella mesa.

Gregorio reía. Dios mío, cuánto había yo deseado escuchar de nuevo aquella risa:

—Lo peor era tu afición a los escorpiones. ¿Lo recuerdas, hijo?

Gregorio no lo había olvidado.

—¿Sabes por qué, papá? Por su veneno. Siempre me han fascinado los animales venenosos. Probablemente algún día se sabrá con exactitud por qué motivo Dios permitió que ciertos animales fueran ponzoñosos. Desde muy niño me intrigaba ese misterio. Por eso me atraían tanto los escorpiones, las tarántulas, las arañas y las serpientes.

Dula sonreía mientras él hablaba. Tenía una sonrisa en forma de uve, magnética, y como si proyectara, un mundo de secretos que sus labios, finos y desmaquillados, se negaran a confesar.

Después vino la cena servida por Leticia: escorpiña a la marinera, croquetas de ave y helado de fresa.

—Tu comida preferida niño mío —le dijo en cuanto nos sentamos a la mesa.

Gregorio se mostró agradecido:

—La verdad es que ya no recordaba el sabor de la comida española. Te has superado, Leticia.

Fue una cena repleta de cosas olvidadas y recobradas que, al roce con aquel presente, adquirieron un vigor tan real como alegre. De hecho era lo mismo que si todo lo que evocábamos jamás se hubiera extraviado a lo largo de aquellos cuatro años.

Luego, tras la cena, salimos a la terraza: a lo lejos el mar se escuchaba apagado aunque algo quejumbroso. Dula no tardó en despedirse. Alegó que estaba cansada y que comprendía que Gregorio deseaba quedarse a solas con su padre, después de haber transcurrido tanto tiempo separados.

La indirecta pareció afectar a Rodolfo. «Tu mujer tiene razón. También yo voy a dejaros.» Y en cuanto Dula inició su mutis hacia la puerta, él hizo lo mismo.

Fue aquélla la primera vez que descubrí en la mirada de mi hijo algo así como una nube. A veces ciertas minucias sin razón de ser adquieren dimensiones de extrema importancia sin que la lógica ocupe un papel importante. Pero la nube se disipó enseguida y Gregorio y yo reanudamos nuestra charla sin más empeño que el de reatrapar tiempos pasados para convertirlos en realidades presentes. «¿Recuerdas cuando te compramos la bicicleta? Y los esquís acuáticos, y los flotadores de los primeros tiempos.»

En realidad fue una noche larga que de pura feliz se hizo corta. Había tanto que comentar. Tanto por analizar. Y tanto por descubrir.

En aquellos momentos las aguas eran tranquilas y nada hacía prever que la vida iba a torcerse del modo que se torció, ni que los destinos, tan claramente definidos, podían truncarse de la noche a la mañana. Tampoco era posible imaginar que la juventud de Dula iba a troncharse un año más tarde cuando diera a luz aquel hijo que tanto deseaba.

Entonces todo eso era pura lejanía, pura nada. Nadie estaba facultado para pensar que el tiempo iba a echarse encima para aplastarnos del modo que lo ha hecho. Y que el futuro que nos esperaba iba a confabularse para separarme de mi hijo de una forma tan drástica. Lo cierto es que aquella noche transcurrió sin que surgiera nada especial que dejara al desnudo la trampa que el destino nos estaba tendiendo.

O acaso no fuera trampa. A lo mejor era sólo una consecuencia lógica de lo que sucede cuando nos dejamos caer en el vacío pensando que, de pronto, podremos volar y salir ilesos de nuestra desidia. A lo mejor es sencillamente un cerrar los ojos para no ver el peligro. Y un taparse los oídos para no escuchar los avisos que la razón nos está gritando.

Y acaso también una consecuencia de nuestros egoísmos. Yo qué sé. Pueden ser tantas cosas.

2

Esta mañana Paula se ha quedado en el hotel. Patricio le ha dado a entender claramente que prefería esperar la llegada del nieto a solas. «Olvida el baño, Paula. No pienso bajar a la playa. Además tu presencia podría confundirlo.» Y Paula, según la costumbre establecida, aceptó la propuesta sin crearle problemas.

Echado ahora en una de las tumbonas que pueblan la terraza y bajo el sombreado de un alcornoque, Patricio Gallardo piensa que a veces el paso del tiempo se vuelve muy lento.

También para Miguel las horas deben ser lentas y pesadas. Probablemente llegará exhausto: más de quince horas de vuelo en la compañía tailandesa Thai-International (Bangkok-Madrid), incluyendo escala de una hora en Roma, más el transbordo a otro avión para aterrizar en el Prat a media mañana, no deja de ser un buen tute. Y todo eso sin contar las cinco horas que separan Tailandia de España, más el traslado de Bangkok al aeropuerto de Donmuang y del Prat a la Costa Brava: Un viaje muy duro para un niño tan pequeño, piensa el abuelo.

También Leticia cree que el trayecto que está realizando Miguel no es apropiado para que lo haga solo:

—Debió acompañarlo su padre.

A veces Leticia pone el dedo en la llaga sin darse cuenta del dolor que puede ocasionar.

—Las azafatas se ocupan de él.

—Pero el niño no las conoce. Va a sentirse muy solo.

Patricio se dice que, en efecto, Leticia tiene razón pero se niega a discutir con ella sobre un asunto que también a él le está escociendo.

Lo cierto es que desde que su hijo le anunció la llegada del nieto, Patricio no ha hecho más que imaginar cómo será ese niño del que sólo conserva una fotografía hecha cuando acababa de cumplir dos años.

Desde entonces han transcurrido tres y los niños, a esas edades, suelen experimentar cambios notables.

Seguramente sus gestos y sus ademanes, aunque dependan de reflejos condicionados ancestrales, serán también figuras adquiridas de su entorno y de esas mil batallas externas, rescatadas de los mayores, para defenderse de esas otras batallas internas que a los pequeños tanto agobian.

También es posible que sus estigmas o características sean sólo «contagios» de alguna personalidad cercana a él, y asimismo sellos propios de algún pariente lejano que jamás soñó con tener un descendiente que se llamara Miguel y que fuera nieto de un escritor español.

—Ya no puede tardar mucho, doctor. El señor Liaño ha llamado desde Barcelona hace más de media hora y el avión del pequeño acababa de aterrizar.

Por supuesto, Patricio también se pregunta qué tanto por ciento habrá heredado Miguel de su padre y de su madre, y cuál es la porción de genes de uno y otro que encauzará al niño hacia su futuro.

—Supongo que la pobre criatura estará muerta de hambre.

A Leticia siempre le priva la cuestión alimenticia. Por eso ha tornado buena nota de ello y, por si acaso, ha preparado comida abundante para colmar el posible apetito del pequeño.

—Hay que contentar el estómago, doctor.

—No creo que sea necesario; seguramente las azafatas habrán solucionado el problema.

Pero Leticia es reacia a confiar en la eficacia de las azafatas. Tampoco confía en los alimentos que suministran las compañías aéreas.

—No me fío demasiado de esas jovencitas que se ocupan de los niños. ¿Qué sabrán ellas de lo que conviene a una criatura tan pequeña? No hay más que verlas: todas son puros palillos. Apuesto a que tampoco ellas se alimentan adecuadamente.

De cualquier forma, Patricio piensa que en el asunto de su nieto hay muchos puntos oscuros que tampoco él entiende: ¿por qué Gregorio y su nueva mujer han permitido que Miguel haga el viaje solo? ¿Qué les hubiera costado desvincularse unos días de su viaje a Brasil y desviarse hacia España aunque sólo fuera para que el pequeño no se sintiera tan desamparado?

Tampoco entiende muy bien como un niño de cinco años puede constituir una molestia para un matrimonio joven (con ingresos suficientes para contratar a una niñera) por muy complicado que sea ese traslado de Bangkok a São Paulo.

—Seguramente Gregorio ha querido aprovechar la ocasión para que usted pueda conocer a fondo a su nieto —intenta aclararle Leticia.

—Es posible.

En fin de cuentas, piensa ahora, por mucho que Gregorio se hubiera desvinculado de él, el hilo que siempre los había mantenido unidos no iba a quebrarse de la noche a la mañana. Por eso quizá Gregorio hubiera echado mano de su hijo con la finalidad de evitar que el hilo entre él y su padre se rompiera definitivamente.

Lo mejor es no pensar, se dice. Lo mejor es prescindir de aquel verano y meterse de lleno en el futuro. Al fin y al cabo Miguel es también futuro. Un futuro limpio de escozores.

Lo demás (aquello que tanto sacude su conciencia desde que Gregorio volvió a conectar con él) debe ser considerado despojos de algo muerto. Nada importa que el bosque que está contemplando desde la terraza siga pareciéndose al bosque de antaño, pese a la crecida de los árboles, ni que la explanada contigua a la casa sea la misma que seis años antes acogió la llegada de Dula y Gregorio, ni que el monte Daní continúe manteniendo en su cima la ermita de un santo que carece de nombre («¿Por qué no inventas un nombre para ese santo, Dula?»), ni que las charlas interminables que se habían desarrollado, noche tras noche (a lo largo de aquel mes de julio) en la terraza donde él se encuentra ahora y frente al mismo mar que está contemplando, hayan sido barridas por las tramontanas o los garbinos o simplemente por el peso de los años. Es preciso hacer un esfuerzo y tratar de olvidar.

—Lástima que Bruto ya no esté con nosotros —insiste Leticia—. A Miguel le hubiera gustado jugar con él.

Pero Bruto también había desaparecido con sus lastres cariñosos, sus jadeos entusiastas y sus lamidos demasiado babosos.

—Si a Miguel le gustan los perros podría comprarle otro.

Lo malo de Leticia es ese empeño suyo en meterse donde no la llaman. Por eso a veces el doctor Gallardo se harta y le ruega que lo deje en paz.

—Ese pobre niño va a notarse desarraigado. Hay que hacer lo posible para que no sufra.

—De acuerdo, Leticia. Haremos lo que haga falta.

Además, aunque llena de buena intención, Leticia no sabe discernir con claridad cuándo estorba y cuándo es necesaria. Desde siempre ha creído que todos los momentos y todas las circunstancias que afectan a la familia le confieren el derecho a opinar. Más aún: su afán de desfogarse suele confundirse en su mente la convicción de considerarse indispensable:

—Y cuando llegue la Fiesta Mayor habrá que llevarlo a las atracciones del pueblo.

—Por supuesto.

Patricio cierra los ojos. Todos en la casa saben que cuando el doctor Gallardo se va cansando de ciertos paliques, cierra los ojos como si fuera a dormir. Pero Leticia todavía no ha captado esa sutil manera de desconectarse. Y pese a que el doctor esta al borde del hartazgo, continúa hablando:

—Imagino que, mientras el pequeño esté en Mas Delfín, usted dejará de escribir.

—Imaginas bien, Leticia. Ya lo había pensado.

—Entonces será bueno que dedique un poco de su tiempo a poner en cintura a Canuto.

Y señala el invernáculo que, ya casi caduco, continúa allá, junto al acantilado:

—Contémplelo, doctor: parece una ruina.

—Las cosas envejecen, Leticia: no hay que echar toda la culpa al descuido de Canuto.

Patricio lleva ya mucho tiempo comprobando que ese pabellón se va convirtiendo en un esqueleto. El roce del viento, las lluvias, las humedades del salitre, el polvo adherido a los cristales y a los metales oxidados, todo contribuye para que el aspecto de ese local, antaño siempre reluciente, se haya transformado en una especie de barco naufragado incapacitado para salir a flote.

En cuanto a las plantas, lo cierto es que a Patricio ya no le importa demasiado que se mantengan robustas y vitales. Tal vez por eso nacen y mueren sin que nadie se percate de su decadencia ni sea capaz de prodigarles aquel raro afecto que Juliana les prodigaba.

Incluso ahora, cuando Patricio contempla ese pabellón, algo dentro de él le está acuciando para que lo haga desaparecer.

Ha vivido demasiado, se dice. Y lo que vive demasiado acaba por suscitar desprecio o indiferencia.

Por eso cuando ahora Paula se empeña en cortar las flores que todavía retoñan a la buena de Dios, Patricio ya no se indigna como antes, y le permite incluso poblar la casa de floreros rebosando ramilletes porque, según ella, una casa sin flores es como un corral sin gallinas: «No tiene razón de ser.»

En cambio Juliana jamás permitía que aquellas flores fueran arrancadas de su tallo. Alegaba, convencida, que las plantas, como cualquier ser vivo, precisaban un lugar fijo donde cobijarse desde que nacen. «No es procedente decorar las habitaciones con materiales vivos, Patricio. Y las plantas son seres vivos.»

Sin embargo, a Patricio ya ni siquiera le importa que Paula, llevada por sus manías románticas y sus deslices de mujer «afeminada», quiera adoptar los lugares comunes de casi todas las personas que, convencidas de su inequívoco refinamiento, caen de lleno en los tópicos más descarados.

—En el fondo Canuto hace lo que puede, Leticia. Incluso pone en marcha el tocadiscos para que las flores no se enmustien antes de tiempo.

—No lo entiendo, doctor. Antes, cuando murió la señora, decía usted que había que hacer todo lo posible para que el invernáculo no envejeciera.

—Pero todo envejece Leticia. Nada es eterno.

Y de pronto recuerda la frase que en cierta ocasión Dula, todavía inserta en aquella especie de coraza invisible que ocultaba sus latidos y le daba apariencia de muerta, le dijo sin venir a cuento: «La palabra "siempre" es el vocablo que mejor disfraza la palabra "nunca".» Parece que la está viendo subiéndose a la canoa donde Rodolfo y Gregorio departían todavía amistosamente mientras él le tendía la mano desde la popa para que subiera a bordo: «Vamos, Dula, agárrate a mí.»

Entonces aún todo parecía inofensivo, y las veladas se desarrollaban entre sosiegos y evocaciones aparentemente inocuas.

El mes de julio estaba en sus principios y Mas Delfín seguía siendo el jardín bucólico del Edén, sin árboles prohibidos (como decía Rodolfo) ni más serpientes que las que Gregorio y Dula describían cuando relataban sus experiencias en la granja de Bangkok: «A veces las serpientes luchan entre sí, pero ninguna de las dos sobrevive —solía explicarle el hijo—. Una de ellas se traga a la otra, y, al tragarla, ella misma se ahoga.» La imagen era dantesca. Morir por tragar. Sentirse tragado para morir. Era lo mismo que dos monstruos enfrentados sin posibilidad de victoria para ninguno de ellos.

Recuerda ahora que cuando oyó la descripción de aquella escena, estaban los cuatro en la terraza (en aquella época Paula era todavía una conquista sin arraigo, alguien cuyos encantos habían encandilado al escritor sin que él le hubiera abierto incondicionalmente las puertas de Mas Delfín) y la noche era luminosa: una de esas noches claras que convierten el mar en un gran embalse de tinta oscura.

De pronto la voz de Dula: «De cualquier forma no hay que ser radicales. Las serpientes no siempre han sido consideradas malévolas y funestas», y enseguida se lanzó a detallar la parte positiva de los ofidios: «Recuerdas la serpiente de metal que Dios mandó esculpir a Moisés para que los israelitas que sufrieran mordeduras, al contemplarla, quedaran inmunizados contra los venenos?»

En efecto, por aquellos días Dula todavía era la mujer serena y alegre que fraguaba explicaciones inesperadas y amenas mientras, sentada en el suelo junto a las piernas de su marido, se dejaba acariciar la melena por él con la naturalidad de lo que ya no es transitorio sino que forma parte de la costumbre.

«En las civilizaciones antiguas las serpientes eran consideradas seres benéficos porque se les atribuía una gran sabiduría: conocimientos concretos, poderes mágicos y hasta cualidades terapéuticas.»

Cuando Dula hablaba (siempre con aquella voz sedosa, como rescatada del silencio) los demás permanecían callados. Y no era sólo por el interés que suscitaba lo que ella decía, sino por el modo de decirlo.

Nadie hablaba como ella. Y sobre todo nadie, pese a la fragilidad de su voz, llamaba tanto la atención cuando se expresaba. Resultaba curioso descubrir la desproporción que había entre la apariencia de aquella mujer (menuda, de mirada penetrante y sonrisueña, facciones suaves y ojos ligeramente oblicuos pero grandes y vivaces) y aquel palabreo suyo, seguro, firme y documentado.

Lo curioso, sobre todo, era que sus planteamientos carecían por completo de prepotencia. Los exponía de un modo lúdico como si más que afirmar quisiera inducir a la réplica. Luego estaban sus ademanes, siempre lentos y armoniosos, y sus gestos como apegados a la sonrisa, y aquella manera especial de apoyar su cabeza en las rodillas de su marido, mientras su mano le acariciaba el tobillo y la pantorrilla.

«¿Te das cuenta de cómo es Dula, papá? —solía comentarle a su padre—. Siempre está dispuesta a sorprendernos con algo nuevo.»

Además, Dula era discreta. Por eso cuando barruntaba que su marido y su suegro precisaban ventilar asuntos particulares (frutos de tantos años de ausencia), procuraba inhibirse. De nada valía que tanto el marido como el suegro la invitaran a quedarse junto a ellos: «El undécimo no estorbar», decía sonriendo y se esfumaba con la misma suavidad con que había llegado hasta ellos.

Ni siquiera cuando se bañaban en la playa se atrevía a molestarlos con su presencia. Sobre todo desde que Paula había iniciado ya sus visitas a Mas Delfín a la hora del baño.

Fue entonces cuando Dula, siempre discreta, tuvo una reacción propia de una mujer al borde de la indiscreción.

—Supongo que Paula es tu amiga, ¿verdad?

En realidad Paula empezaba a serlo. Patricio llevaba unos quince días tratándola y su presencia en Mas Delfín venía a confirmar que entre ellos había algo más que una insulsa amistad:

—En efecto —contestó Patricio—, somos amigos.

Dula asintió y procuró mostrarse amable:

—Es muy bonita —dijo—. Comprendo que te haya alucinado.

Y sin esperar respuesta le rogó a Liaño que la ayudara a escalar los montículos que circundaban la playa para contemplar el paisaje desde lo alto del acantilado.

Rodolfo siempre estaba dispuesto a complacerla: «Es como ayudar a una libélula —bromeaba—. A veces tengo la impresión de que Dula es ingrávida.»

En cambio, Paula no sólo no era ingrávida sino que se esforzaba cada vez más en conseguir que se la considerase una mujer «de peso»: alguien que atraía las miradas porque la perfección de su cuerpo así lo exigía: «Vamos, Patricio, atrévete a nadar conmigo.» No se daba cuenta de que lo que de verdad le gustaba a Patricio era quedarse en la playa, mirar la lejanía y enfrascarse en los temas que debía desarrollar cuando escribiera su libro. «De acuerdo, Paula.» Y haciendo un esfuerzo se introducía con ella en el agua para que Paula (aquella Paula todavía recién descubierta e increíblemente bella) no se cansara de él.

Lo que verdaderamente resultaba curioso era contemplar a Paula junto a Dula. De pronto ni la belleza de la primera ni la insignificancia de la segunda eran lo que, a simple vista, se detectaba en las dos. En realidad daba la impresión de que los papeles se intercambiaban. Era como si el cuerpo y el rostro de ambas se difuminaran y las características de cada una se desprendieran de ellas para ir en busca de una entidad distinta y una razón de ser más real.

A veces cuando el padre y el hijo se encontraban a solas el brote confidencial que siempre pugnaba por unificarlos les empujaba a hablar de aquellas mujeres: «Paula es como un trofeo, ¿verdad, papá?» En efecto, Gregorio acertaba. Paula no podía ser otra cosa para él. Lo venía comprendiendo desde que, una vez satisfecha su vanidad de macho, Paula, más que una presencia grata, se iba convirtiendo en un lastre difícil de soportar.

De nada valía que ella se empeñara en convertirse en la compañera insustituible que el destino había deparado al escritor. Paula era sólo un monolito o una esfinge, o un dolmen instalado en su vida para adornarla con su aspecto de algo antiguo y maravilloso pero incapaz de razonar.

«En cambio Dula es la belleza escondida —recuerda que le dijo a Gregorio—. Es como si la naturaleza la hubiera querido enriquecer más allá de la flexibilidad de su cuerpo y su mente.» Y como viera que Gregorio lo escuchaba complacido: «No sé explicarme mejor, Gregorio.»

Sí, en aquellos momentos Gregorio sonreía y todo cuanto Patricio le decía era asimilado por él con la misma satisfacción que durante toda su vida había ido asimilando los comentarios de su padre. «Estaba seguro de que, en cuanto la conocieras, Dula iba a gustarte, papá.»

En cierta ocasión, mientras Dula se metía en el agua, Gregorio no dejaba de contemplarla. Producía la impresión de que más que mirarla a ella estuviera absorbiéndola para que su imagen se le quedara grabada en la retina para siempre: «La quieres mucho, ¿verdad, hijo?» Y él, sin apartar la vista de aquel cuerpo menudo, contestó a su padre como si, lejos de hablar con él, estuviera hablando consigo mismo: «No podría vivir sin ella.»

Fue aquel mismo día cuando Gregorio le confesó que lo que más le había atraído de Dula era lo mucho que se parecía a Juliana: «También mamá era dulce, consecuente, serena y llena de buen sentido. Además era religiosa como Dula. Tal vez por eso me enamoré de ella.»

Sin embargo, Patricio Gallardo no estaba muy seguro de que Dula y Juliana se parecieran. Entre la inteligencia de su mujer y su bondad había una distancia mayor que la que mediaba entre la inteligencia de Dula y su mansedumbre.

La inteligencia de su nuera era demasiado despierta y aguda para dejarse engañar por las apariencias y los sentimientos como le había ocurrido a Juliana. Por ello, a pesar de su mansedumbre, la sagacidad que la mujer de Gregorio demostraba probablemente sobrepasaba sus restantes cualidades.

Por eso Patricio estaba convencido de que si Gregorio hubiera sido infiel a Dula como él lo había sido en vida de Juliana, probablemente Dula no le hubiera perdonado tan fácilmente como su propia mujer le había perdonado a él.

De pronto el doctor Gallardo bosteza. La voz de Leticia monocorde y llena de improperios contra Canuto porque no colabora en el mantenimiento del invernáculo, tal como Juliana pretendía, está aumentando el sopor que viene experimentando desde que se ha echado en la tumbona ahí en la terraza.

—La difunta señora siempre decía que mejorar la naturaleza es colaborar con Dios. Pero de un tiempo a esta parte Canuto no sólo no colabora sino que está permitiendo que la naturaleza de ese pabellón sea una naturaleza muerta.

Pero el doctor Gallardo ya no la escucha.

En estos momentos el doctor Gallardo se ha sumido en el sueño más profundo. Y todo lo que percibe es una mezcla de recuerdos, expectativas, consciencias y desarraigos unidos al sonido del mar. En efecto, el doctor Gallardo sueña. Es un sueño extraño y absurdo que parece real aunque sólo sea un estado transitorio de la memoria deformada.

Por eso cuando Rodolfo Liaño llega a Mas Delfín con el nieto metido en el coche, ni el vocerío que arman Leticia, Canuto y Rosario logra despertarlo. Lo que lo despierta es un peso ligero y nervioso sobre su tórax y el roce de unos labios húmedos en las mejillas.

De improviso aspira un olor peculiar. Es el típico aroma de un niño algo sudoroso que le recuerda mucho al olor de Gregorio cuando era pequeño.

Y enseguida la voz de Leticia:

—Vamos, Miguel, vuelve a besar a tu abuelo a ver si espabila.

✻   ✻   ✻

Son unos besos tímidos, fugaces y algo forzados. Pero lo que llama la atención de Patricio, en cuanto abre los ojos, es esa mirada negra que parece taladrar la suya:

—¿Miguel?

Y Leticia siempre machacona:

—Pues quién va a ser, doctor.

El doctor Gallardo se incorpora para contemplar a su nieto. Y enseguida comprende que el niño está desorientado: aunque la mujer que se llama Leticia le ha repetido mil veces que el hombre que dormita en la tumbona es su abuelo, no alcanza a discernir con exactitud qué cuernos significa esa palabra.

Cierto que durante el trayecto de Barcelona a Mas Delfín, Rodolfo Liaño ha intentado aclararle las ideas: «Tu abuelo es el padre de tu padre.» Pero Miguel, aunque no lo cuestiona, tampoco asimila cómo puede ser posible que un señor tan mayor (como el que está frente a él medio adormilado) puede ser «papá» de alguien.

—Acércate, Miguel. Quiero verte mejor.

Sin embargo el niño no se mueve. También a él le intriga ese hombre de pelo rubio, ojos azules y surcos en la cara que tanto le recuerda a su padre.

—Estarás cansado, ¿verdad, Miguel?

Cansado: otra palabra que no le parece adecuada. Para Miguel uno sólo puede cansarse cuando corre mucho o cuando juega al fútbol o cuando, en el parvulario, obligan a los niños a hacer gimnasia. Pero ¿cómo va a sentir cansancio si, desde que salió de Bangkok, ha estado durmiendo la mayor parte del trayecto?

—No. No estoy cansado.

Lo dice con firmeza. Molesto. La palabra «cansado» le parece ofensiva. A veces los mayores ponen a los niños en trance de enfado sólo porque no alcanzan a comprender lo mucho que puede herir el hecho de verse acusado de algo que no es cierto.

—Yo no me canso —insiste.

Y de pronto las risas. Otra manifestación insolente que Miguel no puede admitir. Reírse por lo que él dice es todavía más insultante que preguntarle si está cansado. Especialmente lo que más le duele es la risa de Leticia: esa mujer de rostro orondo y cuerpo rollizo que, desde que ha llegado, se empeña en coserlo a besos y llamarlo «niño mío». ¿Por qué diantres creerá esa mujer que él es un niño suyo? Miguel tiene conciencia de que él es únicamente niño de sus padres. Lo ha sabido siempre. Y no hay razón para que una mujer gorda como Leticia se empeñe en llamarlo de esa manera.

—Tendrás apetito, ¿verdad, Miguel?

Miguel duda. No sabe qué debe contestar. Con los mayores nunca se acierta. Al final se decide:

—No lo sé.

Y las risas se incrementan. Todo en torno al pequeño es ahora un estallido de carcajadas, de comentarios jocosos, de piruetas sonoras que suenan a burlas.

—Así que no lo sabes.

Pero cuando Leticia intenta acercarse a él, el niño se retira bruscamente, como si temiera que una mujer tan poco dispuesta a ser amable pueda hacerle daño.

—No me gustas —le grita—. No me gustas nada. Y si tú te ríes de mí yo también me reiré de ti.

Y de pronto, sin más razón que la de esa indignación que lentamente le ha ido creciendo por dentro, rompe a llorar. Es un llanto violento, brusco, estrepitoso. Más que llanto se diría que es un estallido de rabias contenidas, o miedos sofocados.

Pero el abuelo reacciona enseguida. Inmediatamente lo coge en brazos, lo aprieta contra su pecho y le llena la cara de besos:

—Por favor, Miguel, no llores. Todos te queremos. Nadie se ríe de ti.

Pero el niño no lo escucha. El resorte de su aguante se ha roto y ya no se ve con ánimos para fingirse mayor y jugar a ser un niño sensato desde que salió de Tailandia.

Lleva demasiado tiempo soportando rostros que no conoce y escuchando voces que no son familiares para mantenerse ecuánime tal como le prometió a su padre cuando se despidió de él: «Recuérdalo, Miguel, debes comportarte como un muchacho y crecido.» Al cuerno con los niños crecidos y con las personas adultas y con las consabidas artimañas que los mayores utilizan para embaucar a los pequeños como él.

Hasta ahora, nadie de los que han venido rodeándolo le ha merecido el esfuerzo de fingir lo que no siente. Y en estos instantes lo que Miguel no siente es precisamente ecuanimidad y placidez.

Además, está ya harto de cambios, de transbordos, de subidas y bajadas, de jovencitas de uniforme que le sonríen y le dan caramelos. Demasiados cambios repentinos de ambientes, y de aeropuertos: demasiado andar por pasillos interminables y escuchar altavoces anunciando lugares extraños y contemplar colas de individuos impersonales aguardando no se sabía qué. Harto también de observar gentes apresuradas en busca de metas desconocidas y oír llamadas urgentes reclamando personas perdidas, o anunciando números de vuelos o voceando nombres que no se entendían.

—Por favor, Miguel, deja de llorar. No sufras. Nadie quiere hacerte daño. Mírame, pequeñajo. Soy el papá de tu papá y siempre te defenderé contra los malos. Te lo prometo. —Y al tiempo que había indica con señas a los que lo rodean que se alejen de su entorno—: ¿Me escuchas, Miguel? Vamos, apóyate en mí.

Y mientras el niño solloza el lo mece entre sus brazos como si fuera un bebé. Luego, cuando se va calmando, lo sienta en la tumbona y le pasa el brazo por la espalda.

—Mírame bien. No soy un extraño. Quiero que te convenzas de eso.

Miguel lo otea ahora con su desconfianza medio apagada: las mejillas húmedas, los ojos brillantes, la piel del rostro encendida:

—Dios, cómo te pareces a tu madre.

En efecto, Dula está ahora ahí en las facciones del niño, en la expresión del niño, en todo lo que envuelve al niño.

Es una Dula diferente, con ojos menos rasgados y con pelo rubio, pero sigue siendo aquella Dula que a veces lo miraba con esa misma expresión entre temerosa y confiada:

—¿Mamá?

El niño no comprende lo que el abuelo le ha expuesto. Nunca nadie le ha dicho que se parece a su madre.

—¿Tú conoces a mi mamá?

De nuevo la desorientación y el temor de bordear trampas dispuestas a obligarle a caer en nuevos ridículos.

—¿Cuándo has visto a mi mamá? —pregunta, intrigado. Aunque carece de experiencia, Miguel no es tonto y sabe que ese hombre que dice ser su abuelo no puede conocer a su madre—: Tú nunca has estado en Bangkok. Me lo dijo papá.

41

—Pero ella estuvo en Mas Delfín.

—¿Cuándo?

—Antes de que tú nacieras.

—No es verdad.

También de eso está seguro Miguel. En más de una ocasión su madre le ha dicho que jamás ha estado en España.

Súbitamente el doctor Gallardo cae en la cuenta de que Miguel y el no se refieren a la misma persona.

—Hasta cierto punto estás en lo cierto. Tu madre actual nunca conoció España. Me refiero a tu verdadera madre; tu padre me aseguró que tú sabias que Estrella no es tu madre real.

La respuesta del abuelo deja al niño pensativo. Es posible que tenga razón. Pero existen demasiadas evidencias capaces de demostrar que Estrella es, en efecto, una madre real. Basta contemplar sus botas de lona para convencerse de ello.

De pronto el niño levanta sus piernas y le enseña al abuelo el calzado.

—Me las regaló mamá.

Es su modo de confirmarle que sólo una madre auténtica puede hacer regalos tan importantes como un par de botas de lona.

—Se llama Estrella, ¿no es así? —Y cuando el niño asiente con la cabeza—: En efecto, a esa mamá no la conozco —confirma Patricio—. Me estaba refiriendo a tu mamá anterior.

—¿La que está allá arriba? —Y señala al cielo.

—Eso es, la que está allá arriba.

Pero tal como se expresa Miguel, se comprende que, para él, la mujer que está allá arriba ni es mamá ni es nada.

—Se llamaba Dula.

El niño se encoge de hombros. El nombre no le resulta extraño, pero tampoco familiar. Sólo es un nombre. Una palabra hueca que de vez en cuando sale a relucir cuando los mayores hablan del pasado, pero que en realidad unidamente sirve para justificar la fotografía que su padre colocó en la consola de su cuarto sin darle muchas explicaciones:

—Imposible que te acuerdes de ella —continua diciéndole el abuelo—. Murió cuando tú naciste.

—Entonces no puede ser mi mamá.

Nadie, según el criterio del niño, puede considerarse persona cuando no tiene cuerpo ni ocupa un lugar. Y para el Dula es sólo eso: una simple fotografía que carece de voz, de opiniones y sentimientos. En cambio Estrella existe: habla, tiene volumen, lo acompaña al colegio, le compra ropa, le hace regalos y si se porta bien lo premia con helados o pegatinas.

—Mi mamá habla, ¿sabes? Mi mamá no está muerta como la otra.

De alguna manera tiene que justificar sus razonamientos, y para Miguel el hecho de que Dula haya muerto la inhabilita para ser madre.

—Además yo no quiero que la mamá de ahora se muera —reflexiona el pequeño—. Y si yo no lo quiero, no se morirá.

De hecho lo que Miguel precisa es una madre viva que lo coja en brazos y lo bese y lo acaricie y le repita que lo quiere. No admite que los seres queridos sean mudos y se resignen a ser únicamente efigies silenciosas, como esa fotografía oscura y vacía que su padre le instaló en la consola de su dormitorio.

—Mi mamá me quiere.

Lo ha dicho con firmeza: no puede admitir que el abuelo imagine que él no es digno de ser querido por una madre. En el fondo, para él es un trance que tiene mucho que ver con el honor o la dignidad, aunque no sepa explicarse.

—Todos te queremos, Miguel.

Sin embargo, el niño no parece estar de acuerdo. Para él la palabra «querer» debe estar ligada a la palabra «vivir». Seguramente piensa que los muertos, por el simple hecho de estarlo, no tienen capacidad para sentir amor porque la lejanía les impide acercarse a los vivos y cuidarlos como Estrella lo cuida a él.

Además la memoria, para el niño, tiene mucho que ver con los sentimientos y Miguel es incapaz de sentir afecto por alguien a quien jamás ha visto.

—También tu madre verdadera te quería.

—¿Cómo lo sabes? A mí nunca me lo ha dicho.

—Te dio la vida. Dar la vida es el mayor acto de amor que puede haber en este mundo, sobre todo cuando se da a costa de perder la propia.

—No entiendo lo que me dices.

—Lo entenderás algún día. ¿No te ha explicado tu padre que la madre que tienes en el cielo te dio la vida?

Miguel vuelve a retraerse: la conversación ha experimentado un giro que no le gusta. Lo que plantea el abuelo es demasiado complicado.

—De cualquier forma, me alegra mucho saber que tu madre Estrella te trata bien y te quiere.

En realidad lo que le ocurre al doctor Gallardo es que a veces pierde el sentido del presente y sin darse cuenta se sitúa en el pasado como si el tiempo no hubiera transcurrido.

Por eso, cuando ahora Miguel le explica su versión del amor y su necesidad de ser querido por una madre, no ha podido evitar recuperar la imagen de Dula tal como la conoció aquel verano, cuando Miguel aún no existía y ella se sentía postergada por considerarse estéril.

—Tenlo por seguro, Miguel: tú y yo acabaremos siendo buenos amigos. Pase lo que pase no me separaré de ti hasta que tus padres vengan a buscarte.

—¿Cuándo vendrán?

—En cuanto el verano se acabe.

—¿Y falta mucho para eso?

Lo ha preguntado con apremio. Probablemente lo que Miguel precisa en estos momentos es que el lapso que él aguarda sea lo más breve posible. Pero el tiempo de los niños no es el mismo que el de los mayores.

—No, Miguel, no falta mucho. Sin embargo ten presente que los veranos tienen días y semanas y meses. Pero no te preocupes: tu abuelo va a hacer todo lo posible para que durante ese tiempo de espera no eches de menos a tus padres. Jugaremos juntos. Navegaremos. Saldremos a pescar. Te enseñaré los rincones donde tu padre, cuando era pequeño como tú, cazaba insectos, lagartijas y arañas.

—¿Para qué?

—Para trasladarlas a un laboratorio y analizarlas.

—¿Así que papá cuando era pequeño tenía una granja como la del Instituto Pasteur?

—No exactamente. Pero a su modo era también una granja. Y a mí me complacía mucho que jugara a ser científico.

De pronto la mueca triste del niño se trueca en sonrisa:

—Entonces, ¿también a ti te gustan las serpientes?

—Nunca he visto esas granjas, pero tus padres me hablaron de ellas.

Por fin Miguel se relaja. Ya no es un niño llorón. Ahora es casi una persona mayor dispuesta a pavonearse como si fuera alguien experimentado:

—Yo sí las he visto —anuncia con orgullo—. Papá me las ha enseñado. Están metidas en unos pozos muy hondos y oscuros. Se retuercen. Se pelean. Y cuando las sacan para quitarles el veneno, puedes incluso tocarlas.

—No irás a decirme que tú las has tocado.

El niño asiente con la cabeza.

—Muchas veces. Nunca me han mordido.

—Vaya niño valiente. Seguramente las serpientes sabían ya que tú eres un niño con agallas y que si hubieran intentado morderte, hubieras acabado con ellas.

Miguel vuelve a sentirse halagado. Y, por primera vez desde que ha llegado a Mas Delfín, comprende que aquí, en este lugar de la costa, no todo es hostilidad y que el abuelo, por mucho que su aspecto de hombre maduro finja severidad, puede ser asimismo amable.

—Papá también me ha dicho que tú escribes cuentos.

—Así es. A lo mejor cualquier día invento una historia para describirte a ti. ¿Te gustaría que lo hiciese?

—Pero yo no sé leer.

—Eso no importa. Pronto aprenderás.

El niño vacila. Al fin abre mucho los ojos y mira directamente al abuelo.

—Un día te llevaré a Bangkok para que puedas tocar una serpiente.

—¿Estás seguro de que no va a morderme?

—No lo hará porque yo la tocaré primero.

Lo ha decretado con firmeza igual que un adulto tratando de tranquilar al niño que es ahora el abuelo. Y, al hablar de ese modo, de nuevo las facciones de Dula se han apoderado de su cara.

—¿Sabes, Miguel? Me alegra mucho saber que tengo un nieto dispuesto a defenderme.

Los ojos de Miguel se agrandan, se vuelven cada vez más vivos.

—También tu madre tenía unos ojos vivaces como los tuyos. —Y acariciándole la cabeza—: No sé si vas a comprender lo que voy a decirte, pero lo cierto es que si ella te dio la vida, tú ahora se la estás dando a ella.

Miguel no contesta. No está muy seguro de que lo que le está exponiendo el abuelo sea algo bueno. Además le cuesta mucho asimilar que él pueda parecerse a un muerto. Pero Patricio insiste.

—Tienes el mismo color de ojos y te expresas igual que ella, y hasta tu forma de moverte es similar a la suya.

—Pero ¿cómo puedo parecerme si nunca la he visto? —Y antes de que el abuelo le conteste—. Quiero comer. Tengo hambre.

El abuelo sonríe. Lo coge en brazos. Enseguida lo coloca a horcajadas sobre sus hombros. Y mientras inicia un simulacro de trote, enfila el camino que conduce a la casa con el niño en lo alto lanzando al aire un chorro de carcajadas.

✳ ✳ ✳

La llegada de mi nieto ha sido como un aldabazo inesperado que de pronto ha venido a despertar esos mil silencios chirriantes que durante tanto tiempo he procurado evitar que salieran a flote.

Pero ahí están otra vez con sus infinitos detalles avivando de nuevo las sensaciones, contrariedades y desfallecimientos que caracterizaron aquel verano.

Todo parece repetirse. No sólo porque la mirada de Miguel es un calco de la de su madre, sino porque incluso sus altibajos y ese modo tan característico de reaccionar ante los imprevistos viene a recordarme el decaimiento de Dula, las dudas de Gregorio y aquella lucha inacabable que se debatía por las alcantarillas de nuestras vidas.

Bastó verlos a los dos juntos la noche de su llegada, allá en la terraza, mientras Dula apoyaba su cabeza en las piernas de mi hijo, para comprender que entre ellos existía una compenetración muy arraigada. Se detectaba en todo, no sólo en el modo de cruzar sus miradas, en las caricias que con frecuencia se prodigaban o en aquel modo de retirarse mutuamente algún mechón de pelo rebelde, sino también en la coincidencia en las ideas que planteaban o en los temas de conversación que salían a relucir.

Lo cierto es que su modo de comportarse llamaba la atención. No parecía que llevaran ya tantos años casados.

Recuerdo que en un momento dado y cuando la conversación que manteníamos caldeaba el ambiente, a Rodolfo Liaño, siempre entregado a ese empeño suyo de ir con la verdad por delante, se le ocurrió opinar de un modo desenfadado.

—Tenías razón, Gregorio: tu mujer es distinta a las demás mujeres. —Y como detectara que su frase había quedado algo desfasada—: Que conste que no lo digo en sentido peyorativo, Dula. En cuanto me enseñaron tu fotografía, tuve esa impresión.

Dula no tardó en contestarle.

—También Gregorio es distinto: por eso me casé con él.

Tengo la impresión que fue aquel día cuando mi hijo por primera vez notó algo parecido al toque de una alarma. A veces ciertas incongruencias son únicamente reflejos de cosas inofensivas que sin justificación alguna pueden tergiversar caminos y tendencias.

De cualquier forma, probablemente nada de lo que más tarde causó aquel odio que Gregorio llegó a sentir por Liaño hubiera existido si los timbrazos posteriores no hubieran reforzado sus suspicacias.

El caso era que aquellos avisos ni eran avisos ni eran motivos de preocupación. Pero lo parecían. Y eso fue lo que convirtió a Liaño en el malo de la película, cuando de hecho tanto Dula como yo sabíamos que Rodolfo no era más que una metáfora creada por nuestras propias conciencias: alguien que, consciente o no, se prestaba a evitar que la tierra que pisábamos se rajara y nos obligara a caer en la fosa de los muertos en vida.

Varias fueron las veladas que tras la cena manteníamos los cuatro allá, frente al mar, a lo largo de aquel mes de julio que olía a bosque mojado por los relentes y a yodos marinos mezclados al inconfundible aroma de violetas que emanaba del cuerpo de mi nuera cada vez que el viento la rozaba.

En aquella época Paula no participaba de nuestras charlas. Paula era todavía la razón estética de una sinrazón sentimental. Pero ni ella exigía monopolizarme aún, ni yo pretendía que para mí se convirtiera en algo trascendental, entre otros motivos porque departir con Paula era exactamente lo mismo que departir con Canuto o con Leticia. Nunca hubiera podido asimilar nuestras disquisiciones. Además se hubiera aburrido mortalmente, porque lo único que verdaderamente le divertía eran los temas que se debatían en las revistas del corazón o en los programas de televisión dedicados a las folklóricas, a las hijas de las madres famosas, o a las mujeres abandonadas que, para consolarse, se ponían a tiro en busca de maridos millonarios a fuerza de hincharse los labios con silicona para estar al día.

Al principio los temas casi siempre versaban sobre el apasionante trabajo de Gregorio y Dula en el Instituto Pasteur.

Jamás se cansaban de menudear en el proceso de sus tareas; producían la impresión de que, al margen del mundo de los ofidios, nada pudiera interesarles: «Deberías ver la Granja de las Serpientes, papá.» Y enseguida pormenorizaban sobre los pozos anchos y profundos «como castigos bíblicos» que cobijaban cientos de reptiles venenosos: «Impresiona mucho asomarse a esos pozos.»

Añadían luego que el río Menan, que cruzaba la ciudad, pese a ser la sede de un mercado flotante era también el mayor criadero de animales venenosos: reptiles de todas clases. Serpientes de Bengala, víboras Rusell, cobras: «Siempre al acecho del ser humano. Por eso hay que estar preparado en todo momento para inyectar antídotos.»

Pero de pronto los temas de conversación se decantaron hacia mis libros. Los dos habían leído mis obras a fondo. Y sus criterios eran rigurosos: nada se escapaba a sus percepciones y análisis.

Resultaba halagador darme cuenta de que tanto mi hijo como su mujer habían buceado tan detalladamente, no sólo en las diversas técnicas de mis trabajos, sino en los procedimientos, en los sistemas y en el estudio de los ambientes.

—Me ha gustado mucho esa descripción tuya sobre la libertad —me dijo en cierta ocasión Dula—. Tienes razón: nadie es libre. Todos, querámoslo o no, somos esclavos de algo. De hecho la libertad verdadera no puede existir sin límites. Sería imposible que hubiera ríos sin cauces, ni mares sin tierra, ni vida sin muerte, y por supuesto —continuó medio en broma—tampoco puede haber imágenes televisivas sin televisión.

Y como viera que yo me quedaba mirándola como hipnotizado por comprobar su capacidad analítica, añadió:

—Lo esencial no es ser libres —insistió—, lo esencial es elegir con acierto los límites que deben configurar nuestra libertad.

Cuántas veces me he acordado de aquella noche. Hasta entonces la voz de Dula, siempre discreta y sosegada, se había expresado de una forma deslizante, sin que su criterio prevaleciera sobre lo que relataba. Aquella noche no.

Aquella noche fue como si lo que decía pretendiera ir más allá de su oratoria. Algo parecido a una especie de impulso verbal capacitado para saltar barreras y exacerbar nuestros juicios con la finalidad de equilibrarlos a los suyos.

—Entonces ¿también tú crees que ningún ser humano puede sentirse verdaderamente libre? —le pregunte mirándola fijamente.

Ella cerró los ojos y respiró hondo:

—Tal como tú describes a la humanidad, en efecto, Patricio, nadie es libre. —Y esbozando una sonrisa añadió—: Pero hay algo que puede acercarnos mucho a esa imposible libertad.

Le pregunté qué era. No tardó en contestar:

—Aunque te rías de mí, creo sinceramente que sólo puede sentirse libre aquél que entrega a Dios su libertad.

No la entendí. Su respuesta me pareció ambigua y trasnochada. Yo no pensaba como ella. Yo siempre había arropado la idea de una libertad castrada por nuestra propia condición humana.

—¿De verdad puedes creer que en este mundo hay criaturas que se consideran verdaderamente libres? ¿Dónde dejas a los avaros, a los que dependen de sus intereses creados, a los drogadictos, a los celosos, a todos los que de algún modo nos sentimos aferrados a cualquier vicio o costumbre, a cualquier pasión o cualquier amor?

Ella asintió con cierto matiz irónico:

—No me mires así, Patricio, yo no he inventado este mundo. Solamente vivo en él. Pero estoy convencida que mi vida, sin Dios, podría convertirse en una cárcel.

Aquel fue nuestro primer enfrentamiento, y también nuestra primera toma de contacto metafísico, como si de pronto nos hubiéramos descubierto el uno al otro.

Luego, al poco tiempo, esas tomas de contacto se fueron incrementando. No sería capaz de describir en qué consistían. Eran cosas fugaces: frases o ademanes que, por más que intento recuperar, jamás podría recrear en la mente porque se quedaron para siempre escondidas en el pasado.

Pero estaban allí: a veces en nuestros encuentros y a veces en nuestras separaciones. Instantes de los que sólo queda una lejana fragancia a violetas y a emociones tristes. Y también a silencios. A veces lo menos importante es hablar. A veces lo único que sacude y descoyunta nuestra debilidad humana es precisamente lo que no se nombra, ni se explica ni se observa.

No obstante, también había algún nexo verbal que de pronto volvía a Dula vulnerable: momentos en que los dos, sin saber por qué, nos sentíamos impulsados a exteriorizar nuestras frustraciones o esperanzas: surgían de pronto, sin que ella ni yo hubiéramos abonado el terreno para facilitar aquella extraña necesidad de confiarnos ese tipo de pequeñas miserias que suelen atosigarnos cuando, a solas, nos enfrentamos con nosotros mismos.

Y mientras ocurría eso ni siquiera temamos conciencia de que aquellas confidencias (tontas o innecesarias) obedecían a un solo estímulo: el de estar juntos, el de hablar el uno con el otro y el de comprender que sólo el hecho de saber que estábamos allí los dos, respirando el mismo aire y contemplando el mismo paisaje, era lo que verdaderamente importaba.

Por lo demás, nada de lo que comentábamos era verdaderamente importante, ni sacaba de quicio la sencillez de nuestros esquemas: «Me hubiera gustado tanto llegar a ser madre.» O: «¿Sabes, Patricio? Yo también opino como opinaba Juliana: las flores no deben salir de su habitáculo.» Y yo a mi vez: «Te confieso Dula, que cuando llega el invierno me encuentro muy solo.»

En cierta ocasión Dula me habló de Paula:

—Es muy posible que a tu lado se convierta en una mujer importante.

Recuerdo que me eché a reír. La miré luego negando con la cabeza pero todavía risueño:

—Paula no tiene remedio, Dula: Paula es un simple adorno.

Así íbamos acumulando cosas sin sentido, pero que nos iban acercando el uno al otro sin comprender que las naderías que surgen entre un hombre y una mujer, por muy insignificantes que sean, si convierten en necesidad el hecho de explicarlas, acaban por descartar lo que durante nuestra vida hemos considerado esencial.

Por eso llego un momento en que, al menos para mí, todo giraba en torno a Dula. En realidad no sabría describir en qué consistía aquella necesidad tan apremiante de estar con ella, hablar con ella y saber exactamente en cada momento dónde podía estar ella.

Más de una vez, mientras intentaba concentrarme allá en mi estudio para continuar el libro que había empezado, notaba el apremio de asomarme al balcón con la esperanza de verla allí, en el jardín, o en la terraza, o en la explanada o apoyada en la barandilla del acantilado cercana al invernadero.

De pronto descubrí que Dula solía visitar el invernadero con frecuencia. Especialmente al atardecer, cuando parecía que las flores iban a adentrarse en el sueño del crepúsculo. Entonces yo, como impulsado por una extraña fuerza, corría hasta allí para sorprenderla: «Casualmente te he visto entrar aquí.» Y repasábamos juntos la extensa variedad de flores y plantas que Juliana había ido clasificando esmeradamente, y que Canuto, fiel a su recuerdo, trataba de conservar con el mayor esmero.

A veces incluso nos sentábamos en el sofá que Juliana había instalado en medio del pabellón para dar al ambiente un cierto aire casero. Escuchábamos música y volvíamos a departir sobre nuestras vidas con la única finalidad de emitir palabras, escuchar nuestras voces y notar el fluido de nuestros cuerpos; sin pensar, sin tener conciencia de cuánto nos estaba minando aquella «lejana intimidad». Incluso alguna vez Gregorio se había unido a nuestras visitas botánicas. También a él le gustaba deambular por las callejas florales que su madre había trazado con tanto esmero y detenerse ante las flores que más le atraían: «Me gustan esas rosas —decía—, su aroma difiere de las restantes.»

Jugábamos entonces a elegir las flores más resistentes, las más atractivas y las más misteriosas. Dula se decantaba por las orquídeas: «Será porque no emanan olor.» Pero se extasiaba ante los nardos, las begonias, los claveles: «En realidad no hay flores más resistentes que los geranios.» Y enseguida les dedicaba alguna comparación chistosa: «Bah, en realidad los geranios son como las sardinas: si fueran menos humildes y no proliferasen tanto, los geranios serían más importantes que las orquídeas. Todo es una cuestión de prestigio causado por la ley de la oferta y la demanda.»

Cuando Dula dejaba libre su fantasía, podía extraer de ella verdaderas joyas de humor. Entonces, si ocurría eso, Gregorio se quedaba extasiado ante ella y volviéndose hacia mí me decía en voz baja: «¿Te das cuenta, papá? Dula es especial. No hay otra como ella.»

En cuanto a Rodolfo, casi nunca opinaba sobre mi nuera. Rodolfo Liaño, cuando algo le roía por dentro, solía ser parco en palabras, en acritudes y bromas. Pero su capacidad de percepción era alarmante. Nada escapaba a la vigorosa captación de sus neuronas. Lo asumía todo con la avidez del hambriento. Luego, una vez asumido, rumiaba cautelosamente lo que debía hacer o decir, o callar.

Por eso cuando aquella tarde, mientras yo escribía, entró en mi estudio con aire de persona apabullada, comprendí que no iba a tardar mucho en plantearme algo que no me gustaría:

—Te pido disculpas, Patricio, pero creo que debo hablar contigo.

No sé por qué, supe al instante lo que iba a decirme. Recuerdo que nos sentamos en el sofá que se hallaba junto a la chimenea, y mientras el carraspeaba como para aclarar la voz, yo iba ya pensando qué iba a contestarle y hasta qué punto debía ser franco con él o si debía procurar que aquella verdad que intentaba esconder y que ni siquiera me había atrevido a confesarme a mí mismo, pudiera ser ventilada entre los dos.

Le ofrecí un trago pero el rehusó.

—Preciso tener la mente despejada.

Entonces me habló abiertamente de Dula.

—Algo está enrareciendo la vida de tu nuera, Patricio. Supongo que ya te habrás dado cuenta.

No, yo no me había dado cuenta de que Dula no era ya la misma persona que había salido de Tailandia para instalarse en Mas Delfín. Ni por un instante imaginé que la mujer de mi hijo fuera una mujer descolgada de sí misma, buscando a tientas su entidad perdida. Yo sólo sabía o creía saber que, para ella, también yo era alguien imprescindible: una especie de padre, o de mentor que la entendía, que la admiraba y que en ciertos momentos se complacía en estar a su lado únicamente para contemplar sus facciones, y escuchar su voz, y dejar que su aroma a violetas impregnara mi olfato:

—Dula ha dejado su alegría en el armario, Patricio. Y, lo que es peor, Gregorio se está dando cuenta de que ella ya no es la misma.

Pese a todo, yo todavía me negaba a dar el brazo a torcer:

—Será una nube pasajera. En cuanto regrese a Tailandia todo volverá a su cauce.

Pero Rodolfo Liaño no admitía el juego de las ignorancias. Rodolfo Liaño me conoce demasiado para fingir que estaba de acuerdo con mi fingimiento.

—Seamos francos, Patricio. Es posible que no te hayas dado cuenta de que Dula ha cambiado, pero no irás a negarme que tanto tú como ella os estáis asomando demasiado al pozo de las serpientes.

No le contesté. Era imposible llevarle la contraria. También hubiera sido absurdo mostrarme agresivo y hacerme el ofendido.

De pronto me di cuenta de que Rodolfo tenía razón y de que por mucho que Dula y yo hubiéramos querido succionar la realidad de nuestros encuentros, de nuestras confidencias y de nuestro bienestar cuando estábamos juntos, algo parecido a un hechizo peligroso estaba empujándonos a una charca de donde hubiera sido imposible salir:

—Se trata de tu hijo, Patricio. Recuérdalo.

Luego se fue. Me dejo allí con mi verdad en carne viva y mis engaños machacados.

Rodolfo tenía razón y hubiera sido demencial negársela. Por eso, a partir de aquella tarde todo cambió entre Dula y yo: se acabó sorprenderla en el invernadero, o confiarle mis diatribas contra Paula, o escuchar de sus labios aquellas confidencias entre tontas y elevadas sobre su frustración de madre malograda, o sobre la tristeza que le producía tener que marcharse a Tailandia cuando el verano acabara.

En realidad se acabó todo. Porque a partir de entonces Mas Delfín dejo de ser lo que era, para convertirse en ese campo de minas que en todo momento me estaba exigiendo pisar cautelosamente cada pedazo de tierra.

Sobre todo cuando una mañana, mientras Dula y Liaño salían en el bote para recorrer la bahía, Gregorio, con expresión crispada y cierta angustia en la mirada, me dio a entender que entre Dula y él nada funcionaba como había funcionado hasta entonces:

—No sé qué le ocurre, papá, pero Dula no es la misma.

Me quedé frente a él impasible, como si no entendiera lo que intentaba explicarme.

—Me pregunto en qué estaré fallando, papá. Me noto desorientado. Por favor, ayúdame a descubrir qué me ocurre.

Señor, en aquellos momentos todo en mí era una llaga de vergüenza: un dolor agudo por el dolor de mi hijo, una suerte de impotencia por no poder abrazarlo como cuando era pequeño y tratar de consolarlo, y repetirle mil veces que lo quería, que me perdonara, que por mi parte haría todo lo posible para no interferir en su vida y evitar que se destruyera. Pero lo único que le dije fue:

—Vamos, Gregorio, no seas tan duro contigo mismo. Déjate de fantasías. Todas las mujeres son seres cambiantes, hijo. Hasta tu madre, con ser tan perfecta, solía trastocarse según cambiaban las lunas. Y sin embargo siempre me quiso. Estoy tan seguro de su amor como lo estoy del amor que Dula te profesa.

❋   ❋   ❋

Por aquellos días Paula andaba muy atareada con la inminente inauguración oficial del hotel Verde Mar.

El acontecimiento llevaba trazas de ser importante por tratarse de un hotel de lujo y porque, al margen de las invitaciones particulares, sobre todo las cursadas a los vecinos de la costa, se había invitado también a una serie de famosos, políticos y autoridades.

Además, según había dicho Paula, iban a intervenir músicos, folklóricas, humoristas de renombre y, por supuesto, periodistas, columnistas de revistas del corazón y televisiones privadas y públicas.

Por mi parte fueron varias las llamadas que recibí del director del hotel para suplicarme que no dejara de asistir y que, por supuesto, llevara conmigo a mis hijos y a todos los que en aquellos momentos se hospedaran en Mas Delfín.

Aquella noche Paula se había enfundado en un traje rojo que desde lejos llamaba la atención. El contraste con su piel tostada y su melena rubia realzaban su esplendida anatomía bajo el ceñido de aquella tela sedosa que dejaba al descubierto buena parte de su busto y sus largas piernas.

De hecho Paula era en realidad un imán para las miradas. Alguien que, por su evidente espectacularidad, desposeía a las demás mujeres de sus posibles encantos.

Hasta Rodolfo Liaño, cuando la vio aquella noche, se quedó deslumbrado: «Vaya mujer —me dijo—. Comprendo que te fascinara.»

Pero en realidad Paula era sólo un aspecto. Un pasmoso ofrecimiento visual hecho de perfecciones estrictamente físicas. Sin embargo, mentiría si no reconociera que aquella noche, ante el éxito que su imagen conseguía, especialmente entre los hombres, me sentí halagado.

Apabulla mucho comprender, a lo largo del tiempo, hasta qué grado de insulsez puede llegar un hombre cuando se deja impulsar por la vanidad de sentirse envidiado a causa de un motivo tan estúpido como el de verse correspondido por una hembra que, al margen de sus encantos físicos, es poco menos que un cero a la izquierda.

Sin embargo aquella noche yo, Patricio Gallardo, escritor reconocido y médico de profesión, fui solamente eso: un pobre diablo que se derretía (o fingió derretirse) por una mujer que pronto fue sólo ficción. Algo sin valor que continua ahí porque ni siquiera me he tornado la molestia de rogarle que se apartara de mi vida.

No obstante debo reconocer que aquella fue una noche de impulses vegetativos y sensaciones epidérmicas de gran potencia. Y hasta es posible que mi comportamiento, descaradamente partidista en lo que a Paula se refería, no se debiera sólo al alcohol ingerido ni al temor de pisar las minas que tanto podían afectar a mi hijo. Cabe la probabilidad de que, a pesar de mi afán de apartarme de Dula (tal como me había aconsejado Liaño), Paula me atrajera. Así que no fue difícil convertirla en excusa para distanciarme de Dula.

Fue una noche tensa. Una noche en que lo único que contaba era estar con Paula, hablar con Paula y recrear la vista con el espectáculo que Paula ofrecía.

Recuerdo que, embebido en el entusiasmo (probablemente artificial, pero impetuoso) que experimentaba, le rogué a Paula que a partir de aquella noche formase parte también (siempre que su trabajo se lo permitiera) del ambiente familiar de Mas Delfín. «Puedes unirte a nosotros cuando tú lo desees. Serás siempre bien acogida.»

Paula era agradecida. Casi no podía creer que un hombre considerado intelectualmente importante se hubiera fijado en una mujer como ella, enormemente admirada por sus cualidades físicas, pero jamás por sus inexistentes cualidades metafísicas.

Aquella noche apenas vi a Dula. De hecho me había propuesto no verla, ni hablarle, ni tan siquiera pensar en ella. Era lo correcto. Lo que, en el fondo, iba a neutralizar muy pronto aquel absurdo empeño de encontrarnos siempre que se terciaba, sólo para intercambiar confidencias, cada vez más peligrosas.

Dula (ya de por sí poco llamativa) tenía la facultad de esfumarse sin que fuera necesario forzarle a ello. Por tanto, mi actitud bastaba para que ella adoptase la misma postura que yo había adoptado. Era lo mejor que podíamos hacer. Cuando los propósitos particulares se ven reforzados por las actitudes de los demás, todo se vuelve más fácil. Y Dula, aquella noche, debió de detectar sin gran esfuerzo mi empeño en que también ella colaborara. Aunque ninguno de los dos nos lo habíamos dicho, era lo mismo que si entre nosotros se hubiera establecido un pacto, sin papeles, sin palabras y sin obligaciones verbales, pero tan eficaz como cualquier pacto legal.

Sólo hubo un momento en que aquella falsa euforia mía estuvo a punto de venirse abajo. Fue cuando bruscamente, mientras yo bailaba con Paula, me topé con mi hijo bailando con su mujer.

Recuerdo que Gregorio me miraba sonriendo con cierta sorna. Estoy seguro de que también a él le estaba impactando la espectacularidad de mi pareja. De pronto dio la vuelta y la cara de Dula quedó frente a la mía. Me miro sin decir palabra con ojos aguanosos y sus labios (ligeramente maquillados), lejos de sonreír, esbozaban algo así como una mueca triste. Luego su mirada se desvió como si quisiera perderse en no se sabía qué extrañas congojas.

Aquella noche me quedé en el hotel Verde Mar. Ignoro a qué hora regresaron Liaño, Gregorio y ella. Sólo sé que a eso de las doce del mediodía, cuando me dirigí a Mas Delfín, los tres estaban ya en la playa aguardando mi llegada.

El primero en abordarme con cierta sorna fue mi hijo Gregorio: «Al parecer lo de Paula va en serio, papá», y tras un golpe de risa jocosa: «¿Te das cuenta de que estás al borde de cometer un infanticidio? —dijo sin dejar de reír—. Quién lo hubiera dicho: mi padre enamorado de una niñita.»

También Liaño intervino en aquel juego de bromas: «De acuerdo, siempre has afirmado que la razón debe prevalecer en el escritor por encima de los sentimientos, pero, caray, literaturas aparte, es preciso reconocer que anoche cambiaste decididamente los términos de tus principios.» Lo decía en voz alta, para que todos lo oyeran.

Dula no hizo comentarios. Se limitaba a contemplar el mar como si la conversación que su marido y Rodolfo mantenían no le importase.

El hecho es que, a partir de aquel día, Paula, ya más afianzada, se presentaba en Mas Delfín cuando conseguía zafarse del hotel Verde Mar, y si ella no podía moverse de allí, era yo el que se desplazaba hasta el hotel.

La cuestión era evitar a toda costa el morbo que lentamente me había obligado a depender de Dula. Y Paula era la droga que calmaba mi morbo.

Con frecuencia les decía a mis hijos: «Lo siento pero esta noche no podré cenar con vosotros.» Gregorio y Rodolfo se echaban ojeadas de complicidad. Los dos sabían perfectamente que aquel «no cenar con ellos» se debía a mi cita con Paula. Pero se limitaban a sonreír: «En el fondo es como si fueras a cenar con una hermana mía», comentaba Gregorio bromeando.

Dula callaba. Pero si las bromas de Gregorio y Rodolfo subían de tono, no tenía inconveniente en intervenir: «En fin de cuentas, tu padre es un hombre viudo, tiene derecho a distraerse.» Lo decía tajante, con un punto de ira contenida, como si de verdad se creyera en la obligación de defender a su suegro. Y yo se lo agradecía porque en el fondo, y aunque ella jamás me lo hubiera confesado, no dejaba de comprender que aquellas citas mías con Paula la estaban hiriendo tanto como enseguida comenzaron a dolerme a mí.

Con frecuencia intento recuperar aquellos días de julio para analizar qué fue lo que realmente me obligó a cansarme de mi reciente conquista tan fácilmente.

Lo cierto es que mi repentino entusiasmo se fue tan rápidamente como había llegado. Probablemente lo que más influyó en mi desinterés por ella fue su voz. Ningún cuerpo, por muy perfecto que sea, resiste los ataques de las voces mal timbradas, chillonas y desniveladas. Al menos yo, jamás he podido resistirlas.

Luego fue también descubrir que, lo que aquella voz emitía, atentaba no sólo contra el buen sentido, sino contra el menor signo de un sentido común mediano.

Lo malo de Paula era que, además de no saber hablar, tampoco sabía escuchar. Lo único que dominaba a la perfección era su modo de moverse, de mirar y sugerir. Pero era incapaz de mantener con decoro cualquier intercambio de ideas.

Luego estaba su acento: chabacano, estridente y cantarín; desde siempre me había sacado de quicio.

Enseguida comprendí que estar con ella en la cama no era lo mismo que estar con ella en cualquier lugar donde la lógica exhibiera un mínimo de decoro intelectual o una apariencia medianamente correcta y aceptable.

En suma: Paula era ese racimo de uvas supuestamente verdes que la zorra no podía alcanzar. Y lo que era peor: ella no se daba cuenta.

De nada valía que yo intentara corregirla. «Pero tú me has entendido, ¿verdad? —me decía con aires decididos—. Pues ¿por qué demonios tengo que expresarme como lo haces tú?»

A veces, para contentarme, agarraba uno de mis libros y lo leía deprisa (con ese afán de los malos lectores de andar buscando el final), y cuando lo terminaba decía siempre que le había gustado mucho pero que la mitad de las cosas que yo escribía eran ininteligibles: «No he entendido a que te refieres cuando...» Me reprochaba sobre todo la complicación de lo que ella llamaba «el argumento». Y es que para Paula lo importante de una novela era divertirse leyendo una historia y sobre todo que la historia «acabara bien».

—No comprendo esa manía tuya de acabar tus novelas de un modo tan desagradable.

Inútil explicarle que en la vida no hay finales, que todo, hasta que nos morimos, son circunstancias precarias y flotantes en espera del final auténtico que es la muerte.

—Nada es estable, Paula. Todo es susceptible de cambiar de la noche a la mañana.

—¿Todo?

—Todo.

—¿Incluso lo que sientes por mí?

Dudé unos instantes antes de contestar. Me conmovía demasiado ver aquella expresión suya entre inocente y bobalicona.

—Tranquilízate, Paula. Lo que yo siento por ti no va a cambiar.

Y no le mentí, porque en realidad ya había cambiado.

Al poco tiempo Liaño volvió a subir a mi estudio para hablar conmigo.

—Estoy de Paula hasta la coronilla —le dije en un arranque de sinceridad.

Rodolfo se quedó un buen rato mirando al suelo.

—De cualquier forma ha sido un buen catalizador para apartarte de Dula —dijo al fin.

De eso ya me había dado cuenta, pero no le contesté.

—Es una pena que Paula no haya sabido estar a la altura requerida —insistió Rodolfo—. Sin embargo permíteme decirte, Patricio, que a tu edad deberías fijarte mejor en las mujeres que se acercan a ti.

Tenía razón, pero no quise dársela.

—Siempre te he dicho que era muy difícil encontrar otra Juliana.

Rodolfo movió la cabeza como si quisiera darme a entender que mi argumento no le convencía.

—Gregorio la ha encontrado —me contestó.

Y salió de la estancia.

Lo cierto es que las excusas que al principio sirvieron para acercarme a Paula pronto sirvieron para apartarme de ella. «Estoy descuidando a mis hijos, Paula. Esta noche no podré verte», o bien: «Será mejor que mañana a la hora del baño no vayas a Mas Delfín. Les he prometido a mis hijos que iríamos a pescar.»

Y ella lo aceptaba. «Bueno, esperaré tu llamada.»

Es preciso reconocerlo: Paula, pese a todo, no era una mujer exigente, ni incómoda.

Enseguida se convirtió para mí en algo muy parecido a una esclava. Probablemente intuía que si se enfrentaba conmigo, yo acabaría por dejarla.

La cuestión era armarse de paciencia y esperar. Sin duda creía que en nuestras relaciones todo era cuestión de tiempo, de aflojar el hilo que nos unía para cuando llegara el momento tirar de él y conseguir que ya nunca nos separáramos.

Y a fuer de ser verídicos, hasta ahora lo ha conseguido: Dula ha muerto. Pero ella continua conmigo.

❊　❊　❊

La noche ha transcurrido tranquila y Miguel ha dormido plácidamente hasta media mañana. El propio doctor Gallardo ha entrado en su cuarto para despertarlo. «Es necesario que el niño se acostumbre al horario europeo.»

Sin embargo, antes de interrumpir su sueño, Patricio se ha detenido unos instantes ante el lecho para contemplarlo.

Ahí está el nieto, todavía dormido: el rostro encendido, los ojos cerrados, el cabello rubio algo pegado a las sienes y a la frente, a causa del sudor nocturno, y la boca ligeramente entreabierta:

—Miguel.

Pero Miguel no se mueve. Probablemente sueña, porque de pronto esboza una mueca que tanto puede ser una sonrisa como un puchero.

Acaso cree que todavía está viajando entre nubes vagabundas que algún Morfeo infantil va creando para él. Seguramente ignora que ya no está en Bangkok y que en estos momentos se encuentra echado en una cama que perteneció a su padre cuando era un niño como él.

Conmueve verlo tan plácidamente dormido y ajeno a todo lo que le rodea. Y también asusta un poco imaginar lo que a ese rostro de facciones pequeñas y piel suave puede reservar el futuro, cuando se convierta en el rostro de un hombre.

Nadie puede saber en estos instantes qué clase de vida le aguarda, qué problemas le acecharan, qué pasiones le obligaran a desbancar principios sólidos y qué promesas se quedarán en el aire por imposibilidad de ser cumplidas.

El doctor Gallardo recuerda ahora lo que Dula le dijo cuando él intentó levantarle la moral por creer que era estéril: «Tienes razón, Patricio: ser un niño es lo mismo que ser una caja vacía de sustancias pero llena de incógnitas. Por eso, a pesar de sentirme frustrada, a veces me alegro de ser estéril.»

En efecto, para el niño, piensa ahora Patricio, el mundo en el que habita es únicamente un rumor o un boceto. Lo malo es cuando el rumor se vuelve atronador y los bocetos se convierten en cuadros.

Aquella vez, cuando hablaron de la esterilidad, ambos estaban sentados en la playa mientras contemplaban los esfuerzos de Liaño y Gregorio para que la ventisca que acababa de brotar repentinamente no desamarrara las embarcaciones.

—Despierta, Miguel —le susurra el abuelo mientras lo besa.

Al roce de los labios, Miguel abre los ojos. Luego frunce el entrecejo y mira en torno, desorientado sin acabar de dilucidar dónde se encuentra.

—Buenos días —insiste el abuelo.

El niño reacciona. Conoce a su abuelo pero todavía no acierta a asimilar por qué motivo está ahí en una habitación desconocida.

—Tendrás apetito. Es ya muy tarde.

El niño lo mira. Abre los ojos:

—¿Y mis papás? ¿Dónde están mis papás?

—¿No lo recuerdas? Se han ido a Brasil.

—¿Y yo? ¿Qué voy a hacer yo?

—Ahora desayunarás, luego bajaremos a la playa. ¿Sabes nadar?

—Claro que sé nadar.

—Pues entonces salta de la cama.

Y mientras lo levanta vuelve a besarlo.

Pese al sudor, Miguel despide aromas de niño enjabonado. Probablemente Leticia lo bañó anoche antes de acostarlo. Su frente está fría: es la frescura de la piel sana, de los cuerpos que saben resistir los embates de las contrariedades sin alterarse.

A pesar de todo, piensa de nuevo el abuelo, la vida irá cambiando la frescura de esa piel por los ardores de la lucha, de las carreras contra reloj, del afán de conseguir los primeros puestos, de avergonzarse si no los alcanza y de desconfiar si, al alcanzarlos, alguien pone zancadillas para obligarle a caer.

Más adelante también aprenderá a querer y acaso odiar. Y a necesitar presencias y también a sentirse morir si las ausencias se vuelven irreversibles.

—Papá quiere que antes de levantarme rece mis oraciones.

Patricio ya se había olvidado de aquella recomendación.

—Tienes razón, Miguel, debes obedecer a tu padre.

—¿Por dónde empiezo?

Patricio no lo sabe. Patricio lleva demasiado tiempo descuidando el diálogo con Dios.

—Llamaré a Leticia para que te ayude.

Pero Leticia no tarda en llegar. Ni siquiera ha hecho falta que Patricio la reclamase.

—¿Cómo ha dormido mi niño?

Otra vez mi niño, piensa Miguel. Él no es el niño de esa mujer. Tampoco es el niño de su abuelo.

—Tengo que rezar —insiste el pequeño—. Papá quiere que rece.

Dula también era religiosa. Patricio la está viendo ahora entrando en la iglesia del pueblo y avanzando lentamente hacia el altar: la mirada gacha, las manos unidas, su afán de pasar inadvertida rompiendo la devoción de los feligreses, porque bastaba fijarse un segundo en ella para que el resto se esfumara.

Fue aquella tarde cuando, después de asistir a la misa dominical, en un arranque de curiosidad Dula le preguntó por qué no había comulgado como todo el mundo. «No estoy preparado». le respondió Patricio. Pero ella enseguida se dio cuenta de su indiscreción: «Perdóname; no debí inmiscuirme en asuntos tan privados.»

Para entonces la vivacidad de Dula iba apagándose poco a poco. Ya nunca decía frases desconcertantes ni respondía con aforismos peculiares que obligaban a meditar, ni lanzaba interrogantes confusos como había hecho hasta entonces.

Y si su suegro intentaba sonsacarle las razones de aquel cambio, lo único que respondía era que en «esta vida no se puede ser inoportuno». Y enseguida añadía: «Debo vigilar un poco más mis franquezas.»

Era evidente que aquella vez se estaba refiriendo a la pregunta que había formulado a su suegro después de la misa dominical. Probablemente se sentía en deuda con él, porque durante todo el día anduvo mortificándose a sí misma con la dichosa inoportunidad. Era lo mismo que si se estuviera auto-castigando por haber incurrido en una intolerable incorrección.

Recordar ahora la respuesta de Patricio cuando la vio tan afectada: «También yo suelo ser inoportuno y cabezota y, por supuesto, inconsecuente. Ya lo ves, Dula, me considero católico y toda mi vida he actuado como si no lo fuera. ¿Cabe mayor inoportunidad que la de declararse creyente y comportarse como un ateo?»

Rió ella cuando su suegro le dijo aquello: «Todos deberíamos aprender de las serpientes, ¿sabes, Patricio? Ellas nos enseñan a ser prudentes. ¿Recuerdas aquello de que "hay que ser prudentes como las serpientes y simples como las palomas?"»

También ahora Miguel está musitando algo sobre las palomas: es una oración que Leticia se ha sacado de la manga y que se refiere a la limpieza del alma. Y el niño va repitiendo lo que Leticia le indica. Probablemente no comprende muy bien lo que dice porque seguramente las oraciones que sus padres le han enseñado son distintas. Pero le sigue la corriente porque no sabe cómo convencer a esa mujer que lo que está rezando no se parece a lo que suele rezar.

Cuando termina se vuelve hacia su abuelo y le tira de los shorts.

—¿Es verdad que, además de escribir, también sabes contar cuentos?

—Claro que sí.

—Pues esta noche, cuando me vaya a dormir, quiero que me cuentes uno. Pero que no sea como los de siempre.

—¿Y cuáles son los de siempre?

—Ya sabes: los de Caperucita, o Blancanieves o la Cenicienta. Esos son cuentos de niñas. A mí me gustan los cuentos de monstruos extraterrestres, asesinos y ladrones.

—¿Cuentos de buenos y malos?

Miguel se encoge de hombros:

—No lo sé. Lo que yo quiero es que sean divertidos.

Patricio se pregunta ahora qué pensaría Dula si pudiera escuchar lo que su hijo acaba de decirle: «Que sean divertidos.» Esa era en realidad la condición del niño, la esperanza del niño, la verdad del niño. Y ese era también el mundo que se le estaba ofreciendo: un mundo desierto de éticas. Un mundo capacitado para experimentar emociones pero incapacitado para encauzarlas. En el fondo un mundo despoblado: sin caminos, ni señales, ni orientaciones capaces de indicar la ruta para salir de ese despueblo.

—También lo bueno puede ser divertido.

—Está bien. Pues entonces cuéntame un cuento de buenos.

—¿Un cuento de verdad?

—Vale, un cuento de verdad.

El doctor Gallardo se pregunta ahora dónde está la verdad de su vida. De hecho, para él vivir ha sido algo parecido a atravesar un páramo plagado de desorientaciones.

Así lo había creído al menos aquella tarde cuando Dula, tras disculparse por haber sido indiscreta, le rogó que olvidara lo que le había preguntado respecto de la comunión: «No debes preocuparte —le contesto él—. Sencillamente has expuesto lo que tú sentido común te ha dictado. Es indudable que las contradicciones llaman la atención de las personas sensatas como tú. Y mi verdad, ¿para qué negarlo?, es bastante incongruente.» Y tras un silencio prolongado: «Afortunadamente tu marido no se parece a mí. Se parece a su madre.»

El viento arreciaba y el frío empezaba a adueñarse de la playa. Pero antes de levantarse Patricio se volvió hacia ella y la miró sonriendo: «El caso es que también tú te pareces a Juliana.»

Pronto el mar adquirió ese tono plomizo que augura tormentas. Los cirros del día anterior habían desaparecido y el cielo se iba embraveciendo de tintes enfadados: «Será mejor que regresemos a la casa. Pronto romperá a llover.» También Liaño y Gregorio les estaban indicando que se fueran. «Enseguida acabaremos de amarrar las barcas.»

Apresuraron el paso al retumbo del primer trueno. Era una tarde extraña. Todo en torno a ellos se estaba volviendo bruscamente hostil.

La cuesta de la playa a la explanada donde se alza la casa es algo empinada y, si el paso se apresura, a veces el corazón late demasiado deprisa.

Recordar ahora que a su lado Dula se esforzaba por seguirle sin decir palabra. De pronto se detuvieron: «Falta poco», dijo él. Y enseguida continuaron andando hasta llegar a la terraza. En aquellos momentos comenzó a llover: «Vaya coincidencia. La lluvia ha esperado a que nosotros estuviéramos a buen recaudo.» Y ella, pese a la languidez de su mirada, intentó sonreír: «¿Nunca te han dicho que las coincidencias son simples destinos de incógnito?»

No era posible saber a qué se estaba refiriendo. Podía ser a la lluvia, o al cielo encapotado, o al desconcierto que los dos estaban experimentando.

De pronto, como acuciados por un mismo resorte, ambos rompieron a andar hacia la casa. Leticia les salio al encuentro: «De buena se han librado —les dijo—, está a punto de caer un chaparrón.» Pero Dula no contestó. Sin dar explicaciones, echó a correr hacia la escalera y se encerró en su cuarto. No salió de allí hasta que regresó su marido.

De pronto el teléfono:

—La señorita Paula pregunta por usted.

Patricio cogió el auricular.

—Quería saber si el niño ha llegado bien —preguntó ella.

—Perfectamente, gracias.

Y enseguida:

—Ya sé que no me necesitas, Patricio, pero si quieres no tengo inconveniente en ayudarte a soportarlo.

—No preciso soportarlo, Paula. Me gusta estar con mi nieto. Es un niño gracioso, singular e inteligente.

—Pero las mujeres estamos más dotadas que vosotros para cuidar niños.

A veces Paula puede ser altamente entrometida. No sabe medir hasta dónde puede llegar en lo que se refiere a los gustos de Patricio. Y también irritante. Especialmente cuando, convencida de sus derechos como señora de Mas Delfín, se empeña en recordarle a Patricio escenas claves de aquel verano que el doctor Gallardo está deseando olvidar: «¿Recuerdas la cara de tu nuera cuando le enseñaste el invernáculo por primera vez? La muy incauta creía que las flores que faltaban no debían haberse sacrificado para rellenar floreros. ¿Para qué diantres iban a estar las flores en ese lugar tan siniestro si no sirven para adornar las casas?» O bien: «Siempre dije que tu nuera era una mujer un poco rara: por lo pronto no le gustaba que yo me metiera en la cocina y le diera órdenes a Leticia. ¿O es que creía que la dueña de la casa era ella?»

—Una vez más te repito que no te necesito, Paula.

—Entonces, ¿no quieres verme?

—Mejor será que nos veamos cuando Miguel se haya marchado.

De pronto la voz de Paula se vuelve quejumbrosa:

—De acuerdo. Esperaré a que el niñito se vaya. Todo antes que estropear lo nuestro.

—Por favor no dramatices.

Y de nuevo alegre:

—Estaba bromeando. Tú sabes que yo nunca te dejaré.

—No lo dudo, Paula. De todos modos, es posible que algún día te llame.

—Te esperaré.

Lo bueno de Paula es que nunca se enfada. Ni exige, ni impone condiciones.

—Y no te preocupes, Patricio, no quiero incordiarte.

En cuanto cuelga el auricular, el doctor Gallardo se acerca a su nieto:

—Arréglate porque enseguida vamos a bajar a la playa: saldremos a pescar, nadaremos y haremos todo lo que te guste. ¿Te parece bien?

—Vale.

También le propone llevarlo al pueblo por la tarde, comprarle helados, recorrer las tiendas de juguetes y hacerse con todo lo que a Miguel le plazca.

—¿Podrás comprarme un disfraz?

—Todo lo que tú quieras.

—¿De Superman?

—Y de Power Rangers y de Mosqueteros y de todo lo que se te antoje.

El niño sonríe. Y su sonrisa es para Patricio como el vuelo de mil mariposas. Luego, impaciente, empieza a recorrer la terraza de un lado a otro como si fuera un perrillo inquieto deseoso de agradecer los mimos del amo.

De pronto Miguel se detiene:

—¿En qué piensas, abuelo?

—En el invernadero.

Y señala el edificio que se alza, ya muy envejecido, junto al acantilado.

—Me gustaría verlo.

—No lo creo: allí sólo hay flores y plantas.

—Ya lo sé. Me lo ha dicho Canuto. También me ha dicho que las flores tienen alma.

—Eso creía tu abuela.

El niño frunce el entrecejo, vacila, luego lo mira intrigado:

—¿Dónde está ahora la abuela?

Patricio se agacha para ponerse a la altura del pequeño. Luego acaricia su cara:

—Está con tu madre.

—¿Cuál de ellas?

—La que no ha ido a Brasil.

Y de pronto Miguel cambia de actitud: se siente incómodo. Seguramente ha comprendido que esa abuela no le sirve, que por mucho que Patricio se esfuerce en darle forma, se ha fugado con el aire y con los silencios como hizo su madre Dula.

—Entonces, nada.

—A pesar de todo, puedo asegurarte que tu abuela te quiere mucho.

—¿Cómo lo sabes?

Es indudable que a veces las preguntas de los niños tiranizan a los mayores y les provocan apuros difíciles de solucionar.

—En fin de cuentas eres el hijo de su hijo.

—¿Y eso es bastante para que me quiera?

De nuevo el galimatías. Ese parentesco brusco, volátil y extraño no entra en los esquemas del niño, pero asiente con la cabeza y no confiesa que no ha comprendido nada.

—¿Entonces, también yo debo quererla a ella?

Y de nuevo se dice que no es posible querer algo o a alguien que no se ve, ni se mueve, ni tiene volumen.

—Bastará que te portes bien. Eso la pondrá muy contenta.

Y, sin más, agarra al niño por la cintura, lo alza sobre su cabeza y de una sentada lo coloca a horcajadas sobre sus hombros:

—¿Al trote?

—Al trote.

Y enfilan el camino que conduce a la playa.

Los dos van alegres, canturreando canciones inventadas que el abuelo intenta aplicar al niño:

—El mar espera a Miguel y el sol espera al abuelo y el cielo guarda a los dos cubriéndoles con su velo.

—Otra vez.

Aunque la tonadilla es la misma, la letra va cambiando porque el abuelo se olvida de lo que acaba de inventar.

Pero no importa. Aunque sean letras incomprensibles, el niño las entiende. Sabe perfectamente lo que el abuelo quiere decirle en cada inflexión de voz y en cada palabra.

—Estamos llegando.

En efecto, la playa esta ahí. Algo destartalada porque los turistas llevan ya algún tiempo conociendo ese escondrijo y se han propuesto despojarlo de su condición de rincón olvidado por la naturaleza.

Ahora la playa de Mas Delfín, aunque de pequeñas dimensiones, ya no se parece a la playa que Dula conoció hace seis años. Pero Canuto sigue ahí cuidando de las embarcaciones y de los útiles indispensables para pescar.

El día es apacible y todo invita a dar un garbeo por los alrededores de la costa.

—¿Habrá peces?

—Sí los hay, los pescaremos.

—¿Y podremos comerlos?

—Por supuesto.

Una vez dentro de la barca, Canuto la empuja para alejarla de la playa. El niño va sentado en la popa y el abuelo en el banquillo, remando con el mismo vigor de entonces, cuando Dula se instalaba donde ahora está su hijo.

—¿Por qué me miras así, abuelo?

—No te miraba a ti. Miraba a tu madre.

Algo le dice a Miguel que su abuelo no habla de Estrella sino de la otra. Pero no le replica.

—Olía a violetas.

Y mientras habla, Patricio esta viendo a Dula echándose al agua desde la barca: «No me sigas, Patricio. Llegaré a nado a la playa.»

—¿Por qué olía a violetas?

—Supongo que le gustaba ese perfume.

—¿Y yo, a qué huelo?

—A niño rubio con ojos negros.

Aquel día cuando Patricio alcanzó la playa, Dula ya no estaba allí. Se había marchado con Rodolfo Liaño a la ciudad para recoger a su marido que venía de una reunión de médicos concertada en Madrid.

El doctor Gallardo cree recordar que fue aquella noche cuando Rodolfo volvió a hablarle de Dula con cierta crispación. «Lleva varios días convertida en un alma errabunda. Supongo que ya te habrás dado cuenta.»

Pero él sólo pensaba en el vacío que iba a dejar en Mas Delfín cuando regresara a Tailandia: «Esperemos que todo cambie cuando se vaya.» Sin embargo Rodolfo no estaba de acuerdo: «No hay que engañarse, Patricio, ciertas heridas nunca se cierran. ¿Sabes por qué? Porque las huellas de los que las causaron se resisten a ser borradas.»

✳ ✳ ✳

A pesar de todo, con frecuencia imagino que si Dula y Gregorio, en vez de quedarse en Mas Delfín hasta finales de septiembre, se hubieran marchado antes, aquella extraña atracción que tanto nos obligaba a luchar para evitarla se hubiera perdido en el tiempo y el espacio como si entre nosotros jamás se hubiera interpuesto otra fascinación que la de un padre y una hija.

Pero se quedaron. Y los esfuerzos que se iban acumulando para dar a nuestras vidas una apariencia natural, lentamente se iban convirtiendo en algo parecido a una conspiración entre Liaño, Dula y yo, para que Gregorio jamás adivinase la vaguedad de aquel contraluz de miserias que estaba transformando nuestras vidas en un infierno.

En efecto, incluso sin decírnoslo ni proponernos plantear nuestras propias conductas, la conspiración existía. Era inútil tratar de negarlo. Lentamente nuestras existencias se iban adentrando en un laberinto que de algún modo, cuando se encontrase la salida, debía afectar a alguno de los tres. Las complicidades, incluso cuando no se planean ni se prevén racionalmente, acaban siempre por descubrirse y en algunos casos lesionan al cómplice inocente.

Eso fue lo que ocurrió días más tarde con Rodolfo Liaño. Pero a principios de julio, Rodolfo todavía era, para Gregorio, el hombre eficaz que procuraba desplegar su utilidad con el mayor tiento posible para que todo en Mas Delfín funcionara como era debido.

No obstante el jeroglífico estaba ahí, sobre la mesa mezclando sueños, ilusiones, miedos, disimulos y silencios, sin que ninguno de los tres se atreviera a encajar las piezas.

Fue durante aquellos días cuando Gregorio propuso hacer una excursión al pueblo montados en bicicletas pasando por el atajo. «Como cuando era un niño, ¿recuerdas, papá?»

Al llegar al pueblo dejamos las bicicletas junto a la fuente que manaba a un lado de la plaza. Aquella tarde todavía se hallaba inserta en la normalidad. Gregorio y Dula acababan de instalarse en Mas Delfín hacia pocos días y entre nosotros aún no existían aquellas mortajas de ímpetus que fuimos enterrando poco a poco a medida que el verano envejecía.

Aquel día había un gran vaivén en el pueblo. Los turistas comenzaban a instalarse en la costa y las playas eran ya ese ajetreo bullanguero que suelen provocar los desnudos ávidos de sol y agua, al tiempo que dejan escapar las represiones del invierno entre griteríos, juegos infantiles y torpezas excesivamente desequilibradas.

Recuerdo que la atmósfera era clara y el sol, aunque todavía ardiente, declinaba ya hacia el monte Daní, mientras las cigarras, algo despistadas, entonaban sus sinfonías nocturnas sin reparar en que los ocasos de julio suelen ser tardíos.

Contemplar el pueblo desde la plaza central siempre constituye una sorpresa. Por eso no me extrañó la cara de asombro que puso Dula cuando llegamos allí: «Dios mío, qué belleza.»

El descubrimiento la dejaba pasmada. Todo llamaba su atención: las casas blancas apelotonadas, las callejas angostas empinadas que culebreaban cuesta arriba bajo unos arcos desnivelados por haber sido construidos en épocas medievales, la ristra de tiendas que se habían instalado en los aledaños del pueblo para no desvirtuar la estructura arquitectónica de la parte antigua.

Fue aquella tarde cuando a Gregorio, mientras le explicaba las peculiaridades de todo lo que nos rodeaba, se le ocurrió citarle la ermita del monte Daní. «En esa ermita hay un santo que hace milagros.» Al menos esa era la fama que le habían dado en el pueblo. Lo llamaban «el santo de los pescadores» y más de uno aseguraba haber salvado la vida en plena tormenta gracias a su intervención. En vano preguntó Dula cómo se llamaba. Nadie sabía su nombre. «Lo de menos es como se llama. Lo importante es que es un santo milagroso», le decían.

No, entonces Dula todavía no arrastraba esa lasitud angustiosa que tanto preocupaba a mi hijo y que ella trataba de vencer con sonrisas que parecían inicios de llanto.

Aquella tarde, al menos, su euforia todavía era evidente y su devoción por Gregorio continuaba tan férrea como cuando llegó a Mas Delfín.

Recuerdo que sin dar muchas explicaciones agarró a su marido de la mano y le rogó que la acompañara a dar una vuelta por el pueblo: «Quiero escudriñar todos los rincones contigo. —Y dirigiéndose a Rodolfo y a mí—: Volveremos a encontrarnos aquí, junto a la fuente.»

Fue una fuga inesperada que nos dejó como descolgados de la tarde: «Debo confesar que tu nuera me desconcierta», me dijo Rodolfo mientras veía correr a la pareja camino de las callejas escondidas. «Son felices —le contesté—. La juventud necesita de vez en cuando dejarse arrastrar por algún arrebato. Tienen derecho a perderse y vivir su felicidad como les dé la gana.»

Tardaron en regresar. Llegaron al fin, jadeantes, la mirada brillante, los rostros sofocados: «No me importaría vivir siempre en este pueblo», recuerdo que dijo Dula.

La vi luego acercarse con cierto aire misterioso al chorro de agua que manaba del caño de la fuente. Iba radiante, los ojos muy abiertos, el ademán parecido al de las bailarinas de su tierra. Inmediatamente acercó su oído al chorro de agua que caía en el sumidero. «¿Os dais cuenta? Todos los chorros de agua tienen sonidos distintos: cada uno compone su propia melodía.»

De nuevo el desconcierto de Liaño y la mirada embelesada de Gregorio y mi extrañeza. Por unos instantes era lo mismo que si Juliana estuviera ahí para asegurarme que las flores tenían alma. En el fondo aquellos dos aforismos se parecían.

«¿Qué clase de melodías?», pregunté con cierto aire de guasa. Dula se volvió hacia mí algo tensa: «Si no eres capaz de percibirlo tú mismo, jamás podrás saberlo, Patricio. Es algo instintivo.»

Aquella noche, después de la cena no salimos a la terraza. De pronto el cielo se había vuelto a nublar y un viento de mar iba arrastrando hacia la tierra olas alzadas que llenaban el ambiente de humedad y olores marinos.

Pese a la oscuridad de la noche, podían verse a lo lejos las luces de las embarcaciones que volvían a tierra para evitar la tormenta que se avecinaba.

«Se augura mal tiempo», dijo Gregorio. De hecho siempre había tormentas cuando los días anteriores habían sido cálidos y benévolos.

Durante aquella velada también se habló de las serpientes. Gregorio afirmaba que había venenos curativos y que en la antigüedad se conocían mucho mejor que ahora los remedies naturales: «En realidad los pioneros del estudio del cuerpo humano fueron los chinos.» Dula callaba. Y a veces daba la impresión de que se hallaba ausente, que no escuchaba lo que su marido decía. Por dos veces la pillé mirándome de reojo. Pero inmediatamente se volvía hacia Gregorio, mientras arrebujada en el suelo junto a sus piernas, le acariciaba suavemente la espinilla, como hacía siempre.

De pronto, sin venir a cuento, dijo algo que nos dejó desconcertados: «La vida puede ser muy corta. No debemos desperdiciarla buscando migajas lejanas cuando el alimento verdadero está al alcance de la mano.» Supuse que se refería a lo que Gregorio había dicho sobre los adelantos medicinales de los chinos.

Pero Liaño, aquella misma noche, cuando subimos a mi estudio y nos quedamos a solas, me espetó con aire preocupado: «¿En qué pensabas cuando Dula hablaba?»

Le dije la verdad: «En el vacío que van a dejar mis hijos cuando regresen a Tailandia.»

«Todavía falta mucho —me contestó él. Y luego, como si en realidad estuviera pensando, añadió—: A veces las ausencias se convierten en sanguijuelas para el alma.»

Comprendí de pronto que Rodolfo tenía razón: Dula era demasiado vital para ser olvidada. «Entiendo que mi hijo viva fascinado por ella.»

Lo cierto es que, desde aquel día, y para evitar que el matrimonio se ausentara y nos dejara solos, tanto Rodolfo como yo ideábamos mil proyectos para conseguir que se quedaran en casa.

Invité a los vecinos más próximos de la costa, organicé partidas de bridge, excursiones en canoa por los rincones menos asequibles para que Dula descubriera aquellos paisajes rocosos que siempre me habían impresionado por su aire mitológico y por las leyendas que, según contaban, habían tenido lugar allí.

«Me pregunto qué habrán visto esas rocas hace miles de años», me dijo en cierta ocasión. Fuera lo que fuese: embates, naufragios, heroicidades, tragedias o amores, todo estaba ya perdido como esos tesoros inapreciables hundidos en el mar y que jamás llegan a descubrirse.

3

Como la pesca fue abundante, a partir de aquel día Miguel se empeña en embarcarse todas las mañanas con el abuelo para rastrear los fondos marinos y extraer esos animalitos escurridizos y nerviosos que colean furiosos para hurtarse de la mano del hombre.

Pero el abuelo hoy tiene otros proyectos.

—Iremos al pueblo: quiero que subas a las atracciones que se han montado en la plaza. ¿Sabes lo que es un tiovivo?

—No.

—Da lo mismo: te gustará.

Miguel asiente. Aunque ya lleva varios días en Mas Delfín, el abuelo jamás lo ha decepcionado. Por eso está seguro de que puede confiar en él.

—¿Así que iremos al pueblo?

—En efecto. Hoy comienza la Fiesta Mayor.

—¿Y eso qué es?

Sea lo que sea, a Miguel la palabra «fiesta» le gusta. Suena a diversión, a jolgorio, a todo menos a tedio. Pero todavía ignora lo que significa.

—Venga, abuelo, dime qué es.

—En principio imagínate a todo un pueblo en vacaciones.

—¿No me engañas?

Recordar ahora el miedo que Gregorio tenía cuando era pequeño de que también lo engañaran. «Los mayores decís tantas mentiras», se quejaba.

—Jamás he engañado a un niño.

—¿Nunca?

—Nunca.

Aunque la respuesta lo tranquiliza, no acaba de convencerlo. También Miguel piensa, como pensaba su padre, que los mayores, cuando hablan con los niños, suelen mentir. Y sus mentiras son tan evidentes que cuando Miguel las detecta, nota como se le enciende la sangre.

De pronto se encabrita, se pone farruco y con aire severo cruza los brazos y se encara con el mentiroso con aire ofendido. Sobre todo cuando la que ofende es Leticia. «Vaya, ya tenemos aquí a Mr. Proper», suele decirle ella cuando Miguel se enfada.

Pero Miguel lleva ya varios días sin enfadarse. El continuo trato con el abuelo se lo impide. Más que abuelo, Patricio parece un niño como él: alguien que se esmera en asumir sus reacciones, caprichos y sentimientos, para ponerse a su nivel y conseguir que sea feliz.

Otra de las cosas que también le gusta del abuelo es la seguridad que demuestra en los momentos de peligro. Especialmente cuando el cielo se embravece y el mar se convierte en un gran charco de pus, mientras los truenos retumban contra la tierra con la fuerza de un taladro.

—Ven acá, pequeñajo. Yo te protegeré.

A veces los miedos no pueden evitarse. Brotan por la menor tontería. Por ejemplo, cuando a Canuto le da por gritar.

—¿Por qué grita de ese modo?

Y Patricio le inventa una respuesta para que los gritos de Canuto tengan un sentido.

—Le molesta que le pisen el sembrado de la huerta.

—También repite mucho una palabra extraña: «ago-en-la-leche».¿Qué significa esa palabra, abuelo?

—Significa «vaso de leche». Nada, que le está pidiendo a Leticia que le dé un vaso de leche.

—Lo que más le gusta a Canuto es meterse en el invernadero. Dice que allí la abuela revive. Sobre todo si pone el tocadiscos en marcha.

—A tu abuela le gustaban mucho las flores.

—¿Y a ti?

—No lo sé. Antes me gustaban.

—¿Y ahora?

¿Cómo explicarle que a veces el invernadero puede convertirse en el más bello embuste de su vida y en cambio otras puede ser un infierno?

—Ahora preferiría que una tromba de agua lo derrumbara.

—¿Por qué nunca me lo has enseñado?

—Queda tiempo. Te prometo que algún día te llevaré a verlo.

Miguel no protesta. Cada vez que se cita el invernadero hay algo en el abuelo que no le gusta. Es como si una nube de tristeza le cubriese la cara.

A lo mejor, piensa ahora el niño, el abuelo tiene miedo de entrar ahí y encontrarse con el cadáver de la abuela. Pero enseguida cambia de idea. El abuelo es valiente. El abuelo nunca teme nada.

Por eso cuando en plena oscuridad, antes de que surja la madrugada, Miguel experimenta esos miedos nocturnos que no sabe vencer, salta de la cama y corre al cuarto de Patricio en busca de protección: «Por favor, abuelo, déjame dormir contigo.» Y enseguida se mete en su cama para tranquilizarse.

En el fondo viene a ser lo mismo que si Gregorio lo arropara como había hecho en Bangkok.

Nada puede gustarle más a Miguel que apretujarse contra el cuerpo de ese hombre fuerte y notar el calor de su brazo bajo su nuca: «¿Me acaricias, abuelo?» Acariciarlo consistía en pasarle la mano por la frente, la cabeza y la espalda hasta que se quedara dormido.

El despertar era siempre gozoso. Enseguida se lanzaban a proyectar las actividades del día. «Te llevaré al bosque a cazar mariposas», u «organizaremos pronto una fiesta para celebrar tu cumpleaños. Recuérdame que se lo diga a Liaño», o «alquilaremos una bicicleta y te enseñaré a pedalear por el atajo, como hice con tu padre». A Patricio jamás se le agotaban las ideas para que el nieto se sintiera dichoso y no echara de menos a sus padres.

Sin embargo, lo que hasta entonces más había fascinado a Miguel era adentrarse en el mar para pescar. Allá, en plena bahía, entre soles que ya no dañaban (porque los atardeceres suelen ser mortecinos) y aguas pacíficas que permitían escudriñar los secretos más hondos a través de un cristal pegado al fondo de la embarcación, Miguel y Patricio podían pasar horas y horas lanzando al mar nansas o volantines hasta llenar la cesta de pescados «para que Leticia los cocine esta misma noche».

Pero lo de la Fiesta Mayor le sigue intrigando.

—¿Y en la Fiesta Mayor qué pasa?

—Pasa mucho. La gente se viste como si fuera domingo. Los edificios se iluminan, se escucha música por todas partes y se instalan atracciones para que los niños se diviertan.

Y mientras habla, Patricio recuerda la Fiesta Mayor de aquel verano. Dula jamás había asistido a un espectáculo parecido. «Esas fiestas son típicas de la costa», le explicaba su marido.

Aquel año Paula también se unió a ellos. Iba radiante con su traje color rosa y su melena rubia ondeando sobre la espalda.

Entonces el ambiente aún era relajado. Todo quedaba en pequeños brotes instantáneos que apenas se percibían. Quizá hubo algún roce imprevisto, o algún aliento caldeando la nuca cuando, por ejemplo, jugaban al bridge y Dula se acercaba a ellos para observar las cartas. También pudo existir la fugacidad de una mirada rebelde escapada de si misma sin intención de ser descubierta. Pero se trataba de cosas sin importancia: inclinaciones imprevistas que no podían dañar a nadie.

—¿Y cuándo iremos a la Fiesta Mayor, abuelo?

—Cuando el sol decline. Todavía hace mucho calor.

En estos momentos Patricio y Miguel se encuentran en el estudio del escritor; el ventanal está abierto de par en par y el silencio ligeramente alterado por la música que llega del invernadero.

Miguel, curioso, se asombra al ver tanto libro en la estancia:

—¿Los has escrito tú?

—Sólo unos cuantos.

—¿Papá los ha leído?

—Todos. Y tu madre también. Me refiero a tu verdadera madre.

—¿Y le gustaban?

Patricio asiente.

—Era una gran lectora.

De nuevo su voz: esa voz apagada que a veces parecía acariciar el aire. En cierta ocasión, tras leer un libro suyo, le habló largo rato sobre la importancia de la palabra. «Te parecerá absurdo lo que voy a decirte, Patricio, pero la humanidad sin la palabra, no sería humanidad.» Y citó la frase de San Juan: *En el principio era la palabra. Y la palabra era Dios.*

Desarrolló luego infinidad de teorías sobre la forma de escudriñar un libro. «Debe de ser muy frustrante para un escritor darse cuenta de que la persona que enjuicia un libro suyo no ha sido capaz de leerlo. O, si lo ha leído, sólo ha extraído lo que es simple anécdota.»

Y sin poderlo evitar compara los comentarios de Dula con los de Paula: «Si al menos tus novelas acabaran bien.» Recordar ahora el comportamiento de Paula cuando en aquella época se creía con derecho a «sentirse ama de su casa» y disponía de la actividad casera como si del hotel Verde Mar se tratara: «Le he encargado a Leticia que nos haga una buena paella», o «No te olvides de tomar las píldoras para el colesterol, Patricio». Se expresaba con aire triunfante, acaso esperando que todos la considerasen la mujer indispensable para el escritor.

De cualquier forma, aquella tarde en la Fiesta Mayor del pueblo, algo empezaba a cambiar en el trato de todos ellos. Hubiera sido imposible describir en qué consistía aquel cambio: nada suscitaba molestias ni había motivos para recelar. Pero ciertos trasfondos vagos comenzaban ya a suscitar inquietudes. Estaban los cinco sentados en una mesa del bar que daba a la playa. Y a veces los efectos de las bebidas pueden levantar pequeños polvorines capaces de causar crisis diminutas pero desafortunadas.

Hablaban de Tailandia, de la belleza de sus paisajes, de la espectacularidad de sus templos, de la hermosura de sus mujeres. Y de pronto la broma de Rodolfo: «¿Sabías que durante la guerra de Vietnam, Bangkok era poco menos que un balneario sexual?»

Dula no pareció inmutarse. Bebió un sorbo de su copa y, volviéndose hacia Liaño, le contestó tranquilamente: «Procura no morderte la lengua, Rodolfo: podrías envenenarte.» Y con la misma ecuanimidad añadió que aunque las tailandesas eran liberales, también eran decentes.

Patricio echó una ojeada a su hijo. Se comprendía que la sugerencia de Rodolfo no le había gustado. Pero tampoco él se alteró.

Al regresar a Mas Delfín, Dula se metió en el coche de su suegro. «Busca una música suave», le sugirió cuando el manipulaba el aparato de radio. Encontró melodías antiguas, extraídas de una época que había muerto: «No cambies la onda —le suplicó rozando con su mano la de Patricio—. Me gustan las baladas pasadas de moda.»

Le preguntó entonces si lo que había sugerido Rodolfo le había molestado: «En absoluto. La franqueza no hiere cuando no intenta herir. Además —dijo sonriendo—, Rodolfo tenía razón: durante la guerra de Vietnam, Bangkok era un prostíbulo.»

✳   ✳   ✳

Por fin Miguel sabe ya en qué consiste un tiovivo, y los coches de choque, y la noria y ese cúmulo de diversiones nuevas que hasta hoy ignoraba.

El abuelo ha querido que el nieto conozca las emociones de todas las atracciones.

—Adelante, Miguel, ahora cabalgaremos a lomo de esos caballos.

Son de madera; de aspecto bravo y crin pintarrajeada con colores llamativos, pero a Miguel le parecen rocines de verdad. Especialmente cuando el abuelo, con aire decidido, se coloca a su lado y adopta la postura de un auténtico jinete.

—Agárrate bien a las bridas y fíjate en lo que yo hago —le dice.

La música se pone en marcha en cuanto el tiovivo empieza a dar vueltas. Es una música metálica y estridente: una especie de sonido festivo que taladra el aire y lo vuelve bullicioso.

—Sujeta las piernas al cuerpo del animal, no vayas a caerte —.

Y Miguel se siente tan grande y apuesto como el Cid Campeador.

Pero lo que más le estimula es la alegría del abuelo:

—Vamos, galopa: así. Imagínate que estamos cabalgando en pleno campo.

Miguel ríe. Es la risa nerviosa de los que sienten la plenitud de las fantasías: de todo aquello que conjura la tristeza y fomenta la euforia.

Y el abuelo lo secunda. El abuelo sabe a ciencia cierta que Miguel jamás olvidará lo que esta viviendo en estos momentos. Y eso lo estimula para acrecentar su alegría:

—¿Te diviertes?

Miguel no contesta; asiente con la cabeza y sonríe.

En realidad la tarde está siendo para Miguel la superación de todas las diversiones. Aunque no sepa explicárselo, tiene conciencia de que su abuelo está siendo mucho más que un abuelo: es casi como un compañero. Un amigo íntimo capacitado para transportarlo al mundo fantástico de los magnetismos humanos, de los coloridos que sobresaltan y los sonidos que fascinan.

—¿Y ahora qué? —pregunta cuando bajan del tiovivo.

Hay muchos «qués» todavía pendientes de ser experimentados. Falta conocer La Mansión de los Horrores, y el Tiro al Blanco, y el Látigo y el Superman que puede trasladarlos a su planeta de origen.

También falta cumplir la promesa de comprar un helado y de acercarse a la churrería para conocer el sabor de esos tubos largos y circulares que esparcen un tentador olor a aceite frito.

—Qué es La Mansión de los Horrores? —pregunta Miguel.

—Un lugar que da miedo, pero sin hacer daño.

—Quiero verlo.

—¿Estás seguro?

—Si son sustos de mentira, no importa.

Está claro que Miguel quiere dárselas de valiente, pero se comprende que, en el fondo, no puede evitar ese ligero temblor que suele suscitar en él lo desconocido.

La Mansión de los Horrores esta ahí, con su fachada de cartón pintado imitando el rostro terrorífico de un monstruo con las fauces abiertas.

—Hay que entrar por esa boca.

Las fauces del monstruo no le gustan a Miguel.

—Será mejor que lo dejemos —le aconseja el abuelo.

Pero el niño insiste:

—Quiero entrar.

De pronto suena una música siniestra hecha de gritos desgarradores, lamentos, aullidos y golpes de tambor. Sin embargo el niño no se arredra. Se agarra al abuelo. Está convencido de que con él nada malo puede ocurrirle.

Luego se acomodan en una especie de tren que no tardará mucho en ponerse en marcha. Y enseguida la oscuridad, las sorpresas macabras y los panoramas catastróficos: murciélagos voladores, fantasmas al acecho, diablos echando fuego por la boca, cabezas parlantes sin cuerpo, calaveras flotantes buscando sus esqueletos mientras estos bailotean desorientados en espera de sus cabezas. También hay telarañas gigantes a modo de cortinas transparentes que desaparecen al paso del tren. Y fantasmas, muchos fantasmas con su guadaña dispuestos a cercenar cabezas o a mutilar cuerpos que huyen despavoridos.

—No te asustes, Miguel.

El niño no responde. Se abraza al abuelo y cierra los ojos.

—Todo es mentira —intenta tranquilizarlo.

Pero Miguel no quiere mirar. Miguel sabe que si mira ya no podrá quedarse solo ni dormir con sosiego, ni andar tranquilamente por el caserón de Mas Delfín.

—Vamos, apriétate a mí.

Y el pequeño esconde la cara en el pecho del abuelo, mientras el carruaje que los transporta desciende veloz hacia la experiencia final.

Luego otra vez la luz y la normalidad y el sudor del pequeño amazacotando su pelo rubio sobre la frente.

—No te ha gustado, ¿verdad?

Miguel no lo sabe. Se siente aturdido. De lo único que está seguro es de que el cuerpo del abuelo lo ha defendido una vez más de esos ataques internos que a veces trastornan al niño en forma de miedos.

—Prefiero el tiovivo.

—No volveremos a entrar en este lugar, Miguel, te lo prometo. Tampoco a mí me gustan esas cosas.

Y al oírlo el niño se detiene. Lo mira agradecido y le pide que lo ponga sobre sus hombros porque está cansado.

Al llegar la noche el propio abuelo lo acompaña a la cama. Leticia ya le ha ayudado a rezar sus oraciones, y Patricio se queda con él para contarle un cuento de buenos y malos.

Pero el niño tiene sueño.

—Acaríciame, abuelo —pide.

Las caricias lo adormecen todavía más. La mano del abuelo rozando su nuca y su frente es como un sedante para él.

—Buenas noches, pequeñajo.

—Buenas noches, abuelo.

—Que tengas sueños felices.

Y suavemente posa sus labios sobre la frente del niño.

—Te quiero ¿sabes, pequeñajo? Te quiero mucho.

—Yo también te quiero a ti —contesta el niño con los ojos cerrados.

—Me va a costar mucho acostumbrarme a vivir sin ti cuando te vayas.

—No me iré.

Lo ha dicho con voz imperceptible, como si lejos de ser él quien hablara, fuera un yo lejano que se resistiera a aceptar la realidad.

Y de nuevo Patricio recupera la voz de Dula diciéndole algo parecido: «Vivir en Mas Delfín es como recobrar la infancia.»

También ella aquella tarde había entrado en La Mansión de los Horrores, como ha hecho hoy su hijo, y había cabalgado sobre los rocines de madera y había subido a la noria y a los coches de choque.

Evocar ahora sus bromas, cuando al entrar en La Mansión de los Horrores se había acomodado junto a su marido y fingiéndose asustada le suplicaba a Gregorio que la defendiera: «Tengo miedo, Gregorio: tengo mucho miedo.» Gregorio reía mientras la abrazaba: «No olvides que soy una indefensa tailandesa que sólo conoce a los dragones chinos.» También recuerda ahora la risa de su hijo. Entonces aún era una risa franca, tranquila y confiada.

Después habían subido a los coches de choque. Eran vehículos descontrolados cuyos volantes no obedecían al conductor. Lo peor eran los gritos aflautados y clamorosos de Paula cuando Gregorio y Dula chocaban con su vehículo.

Aquella noche Paula se había quedado en el hotel y Dula, acaso para evitar a Liaño, se había metido en el coche de su suegro.

De nuevo su olor a violetas invadiéndolo todo. Y la música pasada de moda que a Dula tanto le gustaba. Y el silencio.

Recordar ahora que la noche iba cayendo despacio. Era una noche clara y calurosa. Hablar era absurdo. Hablar puede ser el modo más torpe de echar a rodar los parapetos. Habían comentado únicamente la frase de Liaño. Luego la música suave. Y luego silencio.

Al llegar a Mas Delfín suegro y nuera se separaron y no volvieron a encontrarse hasta la hora de la cena.

Aquella noche fue Rodolfo quien llevó la voz cantante. Los demás parecían demasiado cansados para opinar. De improviso Gregorio hizo una pregunta a Liaño, que más que un interrogante, parecía una amenaza: «Dime, Rodolfo, ¿vas a quedarte en Mas Delfín todo el verano?»

Por la rapidez de la respuesta pareció como si Rodolfo estuviera esperando aquella pregunta: «Es muy posible que a finales de julio me vaya de vacaciones. Durante agosto y septiembre tu padre no suele necesitarme.»

✳ ✳ ✳

Muchas fueron las diversiones que Patricio Gallardo proporcionó al nieto desde su llegada a Mas Delfín: la profusión de disfraces, los relatos nocturnos sobre los Power Rangers o sobre los héroes de las galaxias, los descubrimientos submarinos y hasta el modo de interpretar el lenguaje de los peces. «Escucha esa caracola, Miguel. Fíjate bien en lo que explica. Los peces se entienden a la perfección con las caracolas, y si aprendes su lenguaje acabarás por compenetrarte con ellos.»

Y Miguel obedecía porque sabía que todo lo que le decía el abuelo no iba a defraudarlo. Al principio le costó mucho comprender lo que las caracolas le explicaban. Pero pronto comenzó a captar el sentido de aquel lenguaje: «Sólo los niños están capacitados para aprender esas cosas», insistía el abuelo. Y Miguel ni siquiera se daba cuenta de que lo que él escuchaba eran invenciones propias: pequeñas fantasías que lo equiparaban un poco a las fantasías del abuelo.

A veces, cuando no sabían de qué hablar, abuelo y nieto se quedaban en la playa muy juntos mirando el mar. Pero tanto el uno como el otro dialogaban consigo mismos para forjar sueños, que probablemente nunca podrían cumplirse. Pero no importaba. A veces soñar es también vivir lo que jamás serán vivencias.

Sin embargo, lo que más les entretuvo fue el proyecto del abuelo para celebrar por todo lo alto su cumpleaños.

—Invitaré a muchos niños —le prometió.

Aquella vez contó con la ayuda de Paula. En el hotel Verde Mar siempre había niños—turistas, dispuestos a formar parte de todo lo que Paula dispusiera y proyectara.

También hubo otra circunstancia destacada: el empeño de Miguel en que su abuelo le comprara un perro. En realidad fue Leticia la que le metió esa idea en la cabeza: «Antes en Mas Delfín había un perro que se llamaba Bruto.» Y no paró hasta que el abuelo accedió a trasladarse a la ciudad con él para hacerse con otro Bruto.

Ahí van ahora, metidos en el coche conducido por Liaño. Es un viaje alegre y se presta a que el niño descubra cosas que desconocía. Cualquier detalle llama su atención. «¿Ese poste para qué sirve?», o «¿Por qué ese señor lleva barba?», o «¿Por qué las casas no están pintadas como en Tailandia?».

También los campos que atraviesan le parecen extraños: el está acostumbrado a las grandes llanuras y los arrozales y las manadas de búfalos que campan por sus respetos por las posesiones de los campesinos.

Además, en esta ciudad falta un río, y no tiene canales ni casas—tienda bordeando el cauce. Tampoco hay barcas agondoladas discurriendo pacíficas por sus aguas para que los ciudadanos puedan abastecerse de alimentos mientras se defienden de la torridez del sol con los holgados tocados de paja tejidos a modo de una pagoda, mientras buscan, al arrimo de las palmeras aledañas, ese frescor que el balanceo de las ramas proporciona a los transeúntes.

—Aquí no hay ríos ni mercados flotantes.

Pero la ciudad le gusta. Hay cosas que no entiende, pero le gusta.

—¿Dónde están los retratos de los Reyes? —pregunta. Allá en Bangkok los retratos de los Reyes solían adornar algunas fachadas y paredones.

—¿Qué Reyes?

—Pues Sirikit y Bhumibol.

—Esos no son Reyes de España.

—¿Y cómo son los Reyes de España?

—Buenos e inteligentes.

—¿Tanto como los de Tailandia?

—A lo mejor más.

—Pues mamá dice que los de Tailandia son los mejores del mundo.

Y el niño recuerda ahora las veladas que sus padres mantenían en Bangkok mientras el jugueteaba en la habitación contigua. No entendía con exactitud lo que comentaban, por eso las consecuencias que el niño había extraído eran algo vagas. En realidad los comentarios versaban siempre sobre el hecho de que los tailandeses podían estar satisfechos por las gestiones diplomáticas de sus monarcas (cuando mediaron entre los militares y las fuerzas democráticas) para conseguir que el país dejara de ser un feudalismo agrario y se convirtiera en uno de los «tigres» económicos de Asia. Sin embargo, Miguel sólo entendió dos cosas: que los Reyes son buenos y que Tailandia es un tigre.

No han tardado mucho en llegar a la tienda de los perros: la mayoría de los que están a la venta son cachorros. Pero a Miguel le cuesta mucho decidirse. Duda. Consulta con la mirada al abuelo pero no sabe cuál debe elegir.

—Vamos, decídete. ¿Cuál te gusta más?

Al final señala un perro ya crecido, pero todavía joven.

—Ese de las orejas largas.

Lo de menos es la raza. Miguel lo ha elegido porque le gusta su aspecto. Tiene pelaje castaño y está plagado de manchas negras.

También a Leticia le gusta:

—Lo que hace falta es que no se escape como el otro.

Miguel no se inmuta. Está convencido de que el nuevo Bruto es un perro consecuente y responsable. Por algo va a ser él quien se ocupe de que no le falte nada.

—Pues vamos listos si tú quieres ocuparte del chucho —le lanza Leticia.

A veces Leticia se vuelve insoportable. Sobre todo cuando le reprocha a Miguel esa «inventiva inquieta» que Dios sabía de quién había heredado.

Todo porque a Miguel le gusta forjar situaciones inusuales: juegos que no tienen nombre y que sólo el abuelo es capaz de practicar con él.

Leticia no. Leticia sólo sabe jugar al escondite y a pisar la tierra sembrada del huerto para que Canuto se enfade y diga aquella palabra misteriosa que según el abuelo tiene que ver con la leche. Además, a Leticia también le gusta mucho leer ciertas revistas en las que aparecen personas extrañas que luego salen en la tele.

—Si se ocupan tanto de «esas mamás» y esos niñitos recién nacidos y esas morenazas de pelos rizados, por algo será.

Y es que Leticia tiene gustos muy definidos y no consiente que nadie se los discuta. Por eso, cuando Miguel se lanza a fantasear sobre la forma de una piedra, el vuelo de un pájaro o los colores de las mariposas, Leticia sale de sus casillas y le dice abiertamente que se deje de bobadas y que se «instruya» mirando «los santos» que traen esas publicaciones tan aleccionadoras.

—Hay que bajar de las nubes, Miguel, y no estancarse en ellas como a veces hace tu abuelo. Lo primero: estar al día.

A veces los roces entre Miguel y Leticia adquieren proporciones desmesuradas, por eso ella lo amenaza con castigos severos:

—Voy a dejarte sin chocolate hasta que pidas perdón.

Pero el niño no se arredra:

—Pues si no me das chocolate, yo tampoco te daré los cromos que te prometí. Además, cuando duermas te meteré una lagartija en la cama.

Se lo dice con ese aire severo que le obliga a fruncir el entrecejo y cruzar los brazos. Entonces es cuando Leticia se crece y lo bautiza con el odioso nombre de Mr. Proper.

—Mírelo usted, doctor: si Miguel no es Mr. Proper, ya me dirá usted quién es.

En más de una ocasión cuando surgía ese tipo de escenas, Miguel, furioso, corría escaleras arriba para meterse en su cuarto y echarse a llorar sobre la cama. Entonces Patricio se apresuraba a seguirlo: se acercaba a el, lo cogía en brazos para mecerlo como si fuera un bebé: «Vamos, Miguel. Leticia bromeaba. Todos te queremos.» Hasta que el niño se sosegaba.

Pero esta tarde, tras la compra del perro, todo se desliza en Mas Delfín con la suavidad de la seda.

De pronto el abuelo irrumpe en la cocina para reclamarlo:

—Quiero presentarte a una persona que nos ayudará a organizar la fiesta de tu cumpleaños.

Y, cogiendo a Miguel de la mano, lo conduce hasta el salón. Ahí los aguarda Paula: alta, esbelta, su cuerpo enfundado en unos shorts escuálidos y una camiseta muy ajustada.

—Te presento a Miguel —le dice Patricio con aire ceremonioso.

Pero cuando Paula se agacha para darle un beso, Miguel la rehúye:

—¿Y tú quién eres? ¿La abuela?

La ocurrencia del niño causa la risa de Patricio y el ceño de Paula.

—Podría serlo, pero no lo es. Paula es la encargada de que la fiesta de tu cumpleaños sea un acierto.

—Ah, bueno.

—No te preocupes, Miguel. Yo me ocupare de que vengan muchos niños y de que no falte nada.

Sin embargo, a pesar de la buena disposición de Paula y de su empeño en hacerse la simpática, a Miguel no acaba de gustarle.

—Te haremos un pastel precioso y podrás soplar las velas.

—Vale.

Pero lo que Paula le explica no le interesa. Lo que de verdad le importa es que el abuelo no se distraiga con «esa tía gigante que no para de hablar».

—¿Sabes, Miguel? Hace muchos años conocí a tu madre.

De nuevo la muerta. De nuevo el recuerdo de la fotografía.

—Mi madre está en Brasil —se defiende.

Y Paula comprende que ha metido la pata y que, tal como le ha dicho mil veces Patricio, «hubieras estado más guapa calladita».

Pero no sólo no se acongoja sino que sigue perorando. Y para distraer al pequeño rompe a hablarle de los turistas del hotel Verde

Mar, de las indumentarias de las inglesas, de las comidas que prefieren los alemanes, de los líos que se traen las francesas con los camareros, de los jeques árabes (siempre rodeados de mujeres) y de los millonarios de Texas.

Paula no conoce los límites. Y en cuanto se nota eufórica no hay quien la pare.

—Basta.

Es un «basta» seco y rotundo. Un «basta» propio de quien lleva años soportando su absurda verborrea. Y, al instante, Paula se calla.

—Será mejor que te vayas, Paula. Continuaremos hablando otro día —le recomienda Patricio.

Paula no se inmuta. Comprende. Acepta. Lleva demasiados años junto a ese hombre para cometer el error de llevarle la contraria. Por eso no tiene inconveniente en adoptar aires mansos y tragarse el orgullo.

Además Paula es consciente de que, a pesar de su esplendida figura, es una mujer limitada. Durante seis años Patricio ha venido machacándole esa idea para que no cayera en el error de crecerse. «A ti te pasa lo que a los peces: te pierdes por la boca.» Y a fuerza de oírlo ha acabado por creerlo.

También está convencida (porque Patricio se lo ha demostrado mil veces) de que le falta el don de la oportunidad, del equilibrio y del nivel justo para ocultar su falta de inteligencia.

Por eso cuando se desequilibra y trata de hacerse la «enterada» el terreno que pisa se vuelve pantanoso, se le hunde bajo los pies y por mucho que intenta salir a flote lo único que consigue es hundirse más: «Procura dominarte, Paula; siempre acabas haciendo el ridículo. Y por favor, analiza tu voz, intenta modularla un poco. Y sobre todo guárdate en el buche tus opiniones: a nadie le importa saber que te has comprado un biquini, o que te has ido a la ciudad para visitar a tu tía Dominga, o que una compañera tuya de colegio se ha instalado en el hotel Verde Mar, ni tampoco interesa a nadie que las alumnas de tal promoción se reúnan para celebrar el hecho de continuar vivas.»

Pero en cuanto se descuida, Paula se olvida de las recomendaciones de Patricio y se lanza de nuevo a sus verborreas, a sus trompetazos nasales y sus explicaciones carentes de interés.

De lo único que se acuerda es de los impactos que produce su físico. Y de la admiración que despierta en los clientes del hotel. Y de los románticos principios que caracterizaron su relación con Patricio.

Ello no impide, sin embargo, que de vez en cuando le entre algo parecido a la nostalgia y sienta la necesidad de ser algo más que un animal perfecto. Sobre todo cuando recuerda la lejana personalidad de Dula.

Pese a todo, Paula reconoce que Dula, aunque careciese de un físico espectacular, parecía esconder una magia poderosa que la volvía inolvidable. Luego estaba su voz. Y su forma de razonar. Y su sonrisa. «Me gustaría parecerme a ella», le comentó Paula en cierta ocasión a Rodolfo Liaño. Pero él se limitó a inclinar la cabeza mientras la movía de un lado a otro: «Imposible, Paula; Dula es irrepetible. Se rompió el molde.»

❋   ❋   ❋

Recuerdo que la noche en que se celebró la fiesta en Mas Delfín por la llegada de mis hijos, lucía una luna grande y blanca como hecha de encargo de puro perfecta. También recuerdo el largo camino hacia el horizonte que su luz reflejaba en el agua.

Aquel día todo cambio de aspecto: hasta el invernadero fue iluminado con mayor potencia y Canuto pasó la tarde limpiando los cristales para que desde la explanada y la terraza pudieran verse las flores. «Hay que felicitarte, Rodolfo. La puesta en escena es impresionante —le dije— Estaba seguro de que no me fallarías.»

Pronto la entrada de la casa se llenó de coches: vecinos de la costa, compañeros literarios, editores: todo un mundo de gentes relevantes se apuntaron a la fiesta que prometía ser el boom del verano.

Liaño, en efecto, había acertado en la distribución del terreno: junto a la explanada se había habilitado parte del bosque para aparcar los coches.

A los lados del invernadero se alzaban los bufetes para la comida y las bebidas. Y en la extensa terraza se veían las mesas con manteles rojos y sillas blancas alrededor.

Lo más impresionante era la iluminación del bosque. Era un bosque joven de un verde brillante que sombreaba de misterio árboles, hojas y ramas.

Recuerdo que Paula, recién incorporada a nuestro clan familiar, se hartó de bailar con unos y con otros, con aquel aire suyo de mujer segura de sus encantos, pero sin perderme de vista por si yo la precisaba. Por aquellas fechas Paula todavía creía que lo nuestro, por muy trivial que pudiera parecer, acaso fuera capaz de convertirse en amor.

También escucho los sonidos: aquella mezcla de voces, de roces de sedas, de pisadas firmes y de música apacible. Y percibo los olores: a salitre, a humedades caniculares, a perfumes y bosque. Y veo a Gregorio presentando a su mujer como si presentara un trofeo: «Dula: se llama Dula.»

Faltaban dos meses para que el matrimonio regresara a Tailandia. Eran dos meses sobrecargados de desorientaciones. No podía dilucidar si iban a resultarme cortos o largos.

Aquella noche Dula, a petición de su marido, se había puesto un traje tailandés. Parece que la estoy viendo moviéndose de aquel modo suave como si fuera a realizar una de las danzas de su país, sonriendo a los invitados y mirando a su marido con el aplomo acostumbrado que tanto lo cautivaba. «Me gusta que la gente te vea vestida como el día en que te pedí que te casaras conmigo.»

Y escucho a Liaño preguntándome no sé qué nimiedades sobre las bebidas o sobre los bocadillos previstos para cuando amaneciera.

Pero lo que predomina en mis recuerdos es el momento en que Gregorio, entusiasmado, se acercó con Dula para pedirme que bailara con ella: «Ya es hora de que bailes con mi mujer, papá.»

Subimos a la tarima. También Paula estaba allí. Pero en aquel momento ni siquiera la vi. Noté el cuerpo de Dula junto al mío, su brazo izquierdo presionando ligeramente mi brazo derecho, como para apartarme de ella. No se lo que sentí. Fue algo parecido a un seísmo que inmediatamente me adormeciera.

Su cintura era flexible y toda ella olía a violetas. Hubo un instante en que mi mentón rozó su frente: la note ardiente. Sin embargo, cuando la miré su rostro había palidecido. De pronto una sensación de lejanía, como si los únicos que estuviéramos allí fuéramos nosotros. Y un gran silencio. Fue un baile sin palabras. Sólo con música: una música suave porque Dula me había confesado que lo que le gustaban eran las canciones pasadas de moda.

En aquellos momentos la orquesta tocaba *Unforgettable* (Inolvidable). Durante años, cuando escuchaba aquella canción, solía aplicarla a Juliana. Sin embargo, en aquellos momentos Juliana se difuminaba. Dejaba de ser inolvidable. O acaso transfiriera su calidad de permanencia a la mujer que bailaba conmigo. Por eso tuve la sensación de que la única verdad que prevalecía en aquellos instantes era la música.

Y, enseguida, la amenaza del tiempo. Ese factor insobornable que no deja de fluir sin que nada pueda detenerlo.

De pronto la música atacó los primeros compases de otra melodía,

When I fall in love it will be forever (Cuando me enamore será para siempre). Fue entonces cuando Dula rompió el silencio y dijo que la palabra «siempre» era la forma más elegante de encumbrar la palabra «nunca». Y al hablar su cuerpo se volvió tenso y la mano que se posaba en mi brazo pareció convertirse en una mano de plomo.

Hasta que, en cuanto la música cambió su ritmo, Dula, sin decir palabra, me dejó en la pista y salió corriendo.

*   *   *

—¿Te diviertes, Miguel?

Pero Miguel, de puro aturdido, no escucha al abuelo. La fiesta que le ha preparado para celebrar su quinto cumpleaños está desbordando todas las previsiones del niño, que sólo tiene oídos para llenarlos de algarabías y ojos para empaparse de mil novedades que Rodolfo Liaño le ha preparado.

Desde que los niños del hotel Verde Mar han llegado todo ha sido jolgorio: payasos, carreras de sacos, palos de ciego para romper las bolsas de caramelos, juegos de manos. Todo ha sido cuidadosamente previsto para que los cinco años de Miguel se graben definitivamente en la explanada de Mas Delfín como un hito imborrable.

—Prepárate para apagar las velas.

Y Miguel, que rápidamente se ha hecho amigo de ese grupo de niños que jamás había visto hasta hoy, se vuelve excitado hacia el abuelo, el rostro encendido de entusiasmo.

—¿Van a traer un pastel? —pregunta con los ojos muy abiertos.

En estos momentos Mas Delfín es un campo de batalla: un caldo de cultivo de ilusiones, de voces entusiastas, de pisadas nerviosas. Y también un vertedero de serpentinas y gorros de papel y pitos estridentes que emulan voces chillonas para que el delirio infantil se propague y el ambiente se nutra de alegría.

También esta tarde, como hace seis años, se han instalado mesas y sillas y manteles rojos junto al invernadero y, por supuesto, el hotel Verde Mar se ha ocupado, a través de Paula, de todo lo que pudiera completar la fiesta: camareros sirviendo tazas de chocolate, o bandejas de bocadillos, pastas, dulces, medias noches. También ha enviado niñeras para vigilar a los pequeños y repartirles paquetes sorpresas o balones o camisetas de fútbol. Nada puede faltar en la fiesta de Miguel Gallardo.

La emoción del niño aumenta en cuanto llega el pastel con sus cinco velas encendidas, y los anfitriones se lanzan a cantar el "Cumpleaños feliz". Miguel se esponja. Jamás en su vida se ha notado tan importante. Hasta Leticia (que se ha vestido con sus mejores galas para celebrar el acontecimiento) se está mostrando amable con él.

—Vamos, niño mío, dale a las velas.

Y Miguel hincha sus mofletes para apagarlas de un solo soplido.

—Así, fuerte.

También Bruto, el perro que no se despega de él, parece soliviantarse ante tanta excitación.

El bullicio debe de ponerlo nervioso porque, sin venir a cuento, rompe a ladrar. Son ladridos menudos, desvaídos y un poco desarticulados, pero llenos de la fogosidad que probablemente le ha contagiado su amo.

—Cállate, Bruto.

Pero Bruto no calla. Bruto es ya el apéndice oficial de todas las alegrías, ilusiones y actividades que envuelven a Miguel.

La jornada empezó temprano. Exactamente cuando el abuelo entró en el cuarto del nieto con el regalo prometido:

—Muy felices, Miguel.

Y sin aguardar a que el niño espabilara, le colocó la bicicleta sobre el lecho.

—¿Te gusta?

Miguel no podía creerlo. Nunca nadie le había hecho un regalo tan importante.

Le tiende los brazos. Lo abraza.

—Te quiero, abuelo. Te quiero mucho.

Pero no aguardó a que el abuelo le contestara. De un salto se puso en pie y, agarrando el artefacto como pudo, bajó por la escalera para corretear a lo largo de la terraza.

Luego, a la hora del baño, mientras Liaño y su «casi abuela» Paula se disponían a preparar las mesas, los tendidos de guirnaldas y ese cúmulo de sorpresas que, por la tarde, iba a recibir el niño, el abuelo y él bajaron a la playa para que Canuto les entregara los utensilios de pesca, que por ser su cumpleaños ha sido más abundante que nunca.

—¿Estás contento, Miguel?

La tarde ha pasado y la noche se instala en Mas Delfín con el sopor que produce el vacío tras una prolongada algarabía.

Miguel contesta en silencio, pero el sueño lo vence y los párpados le pesan. Por eso el abuelo lo coge en brazos y lo lleva hasta su cama.

—¿Me acaricias, abuelo? —Lo pregunta muy bajito porque el sueño se le está metiendo en la voz y apenas puede hablar.

Y la mano del abuelo vuelve a posarse sobre su cabeza y su nuca mientras lo acaricia suavemente. Luego le da un beso en la frente.

—Buenas noches, pequeñajo.

Pero el niño no contesta. El niño es ahora un proyecto de ángel que se ha estancado en el sueño.

Y el abuelo sale del cuarto para instalarse en la terraza.

La noche no es todavía total. Es una noche clara plagada de estrellas parpadeantes que producen la impresión de estar allí para alumbrar el paisaje.

Es un paisaje violado, roto y desarticulado por el ajetreo.

Nada está en su sitio y todo es un batiburrillo de mesas patas arriba, sillas caídas, servilletas, gorros y serpentinas.

Evocar ahora que también aquella noche, tras la fiesta que Patricio había ofrecido a sus hijos para celebrar su llegada, la explanada, la terraza y el bosque de Mas Delfín presentaban un aspecto similar al que presenta ahora tras la fiesta de Miguel.

Aquella noche Patricio durmió poco. Cierta sensación de mala conciencia le impedía dormir. Tenía la impresión de que algo muy fuerte, con lo que jamás había contado, lo estaba convirtiendo en un ser distinto, alguien que se había transformado en una especie de fugitivo de sí mismo, o en un ladrón de su propia personalidad.

Lo peor era aquella incapacidad manifiesta para autoanalizarse y conjugar sus razonamientos. En realidad se resistía a pensar: pensar era perder fuerza y enterrar ilusiones. Sobre todo si, como empezaba a comprender, el miedo que le acechaba se apoderaba de su mente.

Cuando al fin consiguió dormirse, era ya pleno día.

La mañana amaneció lluviosa, y el aspecto del jardín desde el balcón de su estudio presentaba síntomas de resaca. Era una mañana hosca que tenía más de crepúsculo que de amanecida.

Servilletas tiradas, ceniceros caídos, fragmentos de vajillas rotas esparcidas por el césped, prendas olvidadas por algún invitado distraído: todo ello maltratado por la lluvia. Las pisadas y el barro contribuían a que la apariencia siempre bucólica y apacible de Mas Delfín se hubiera convertido en un aguafuerte de trazos toscos y huraños.

Poca luz. Muchas manchas oscuras. Incluso el mar parecía otro. De la noche a la mañana se había vuelto hostil, alborotado y espumoso.

El desayuno fue parco: nadie coincidió con él en el comedor.

Pero cuando volvió a su estudio, allí estaba Liaño junto al balcón:

«Tu editor me comunicó anoche que te estás retrasando mucho en la novela», le lanzó a bocajarro. El editor tenía razón. Desde la llegada de sus hijos, Patricio no había dedicado un sólo día a escribir: «¿Qué pretendes darme a entender? ¿Que no soy un profesional?», respondió en tono chunguero y restando importancia al tema. En efecto, la novela empezada estaba allí, metida en una cubeta de plástico, como un enfermo en coma que aguardara el momento de recobrar la conciencia perdida. «La verdad, Rodolfo, es que ahora no puedo escribir: desde la llegada de Dula y Gregorio tengo la impresión de que el tiempo se ha detenido.»

Recordar ahora la respuesta de Liaño: seca, borrosa y algo amenazadora: «Lo malo es que el tiempo nunca se detiene.» Patricio no entendió lo que Liaño pretendía demostrar. «Explícate mejor», le dijo. Pero Liaño insistía: «El tiempo, además, devora, asesina: sobre todo a sus propios hijos. ¿Recuerdas la leyenda de Cronos?» Y como viera que Patricio no reaccionaba: «Acuérdate de lo que voy a decirte: cuidado con los arrebatos de los presentes, pueden ser demasiado fugaces para tomarlos en serio.»

Y de pronto Patricio se dio cuenta de que Liaño había comprendido más allá de lo que él mismo había comprendido la noche anterior. «Piénsalo bien, Patricio. No permitas que los presentes destruyan vuestro futuro.» Y tras un instante de vacilaciones: «Lucha contra Cronos, no dejes que te devore, y recuerda que el tiempo sólo se conserva aquello que nunca llega a cumplirse.»

❋   ❋   ❋

A pesar de todo, fueron muchas las cosas que se cumplieron hasta la llegada de agosto. Rozaduras que apenas se notaban, pero que despertaban algunos celos y ramalazos de desconfianza: nimiedades que a veces suscitaban risas y otras algún síntoma de malhumor.

Hubo también momentos tensos causados por incidentes inesperados: las salidas de tono de Paula cuando tras departir con Dula se acercaba a mí con aire ofendido: «Esa nuera tuya se complace en humillarme.»

En vano trataba yo de indagar en qué consistía aquella humillación. Paula no sabía explicarse: «Yo qué sé. Pero me humilla.»

No se daba cuenta de que lo que la humillaba era el complejo de inferioridad que le despertaba ver a la mujer de Gregorio disertando sobre temas que ella no comprendía. «No hay forma de entenderla. A veces me saca de quicio.»

Pero lo que de verdad desquiciaba a Paula era la seguridad de Dula, su sencillez y aquel modo suyo de captar la atención sin proponérselo y sin recurrir a los artificios que salvaban la insignificancia de Paula.

Sin embargo no era sólo Paula la que empezaba a obsesionarse con Dula. También Gregorio comenzaba a dar síntomas de agresividad. No podía soportar que Rodolfo se hubiera hecho tan amigo de su mujer. Era imposible que Gregorio comprendiera que aquella amistad, en el fondo, era el refugio de mi nuera para zafarse de mí. «Hay cosas en ese hombre que me ponen enfermo. No me preguntes por qué, papá, pero ciertos manejos suyos me huelen a chamusquina.»

Había también otro tipo de tensiones que exacerbaban el ambiente y que no tenían una definición concreta. Por ejemplo, ciertas miradas o ciertas evasivas: fingimientos imperceptibles que podían distorsionar la verdad de los hechos.

—Te equivocas, Gregorio. Conozco a Rodolfo desde hace muchos años. No es lo que tú imaginas.

Pero aquellas aclaraciones mías lo único que conseguían era tensar, todavía más, el nudo gordiano de la situación que se estaba creando. «Digas lo que digas, papá, Liaño calienta la cabeza a Dula. Desde que hemos llegado a Mas Delfín mi mujer no es la misma persona.»

Gregorio tenía razón. Lentamente, la forma de ser de Dula iba cambiando. De pronto se había vuelto introversa, y cuando participaba de alguna actividad general lo hacía con aire distraído, como si su mente se hubiera ausentado de ella.

Por aquellas fechas Dula y yo ya no nos encontrábamos a solas. Se habían acabado las visitas al invernadero y los paseos en barca, y todo lo que pudiera facilitar nuestra comunicación.

Era evidente que tanto ella como yo empezábamos a notar el riesgo que suponía reforzar nuestra amistad como al parecer estaba reforzándose la amistad con Liaño. De hecho Liaño era, en aquellos días, su refugio, su modo de apartarse de mí.

Pero eso Gregorio no podía comprenderlo: «Me gustaría saber qué diantres le explica a Dula para mantenerla tan atenta.»

No puedo recordar con exactitud cuándo empezó el distanciamiento entre mi nuera y yo, pero tengo en la mente un comienzo: un hecho inesperado que en cierto modo vino a cambiar los esquemas afables y que marcó definitivamente una nueva pauta en nuestros comportamientos.

Ocurrió en una mañana de vientos contrarios. Unos vientos rebeldes y enfadados que no se ponían de acuerdo y daban la impresión de que cada parcela de agua pretendía emanciparse de las otras, fingiendo pequeñas trombas cismáticas, sin solución de continuidad; antes al contrario, parecían encararse las unas contra las otras, levantando crestas de olas dispersas, histéricas y violentas. «Parece un mar a punto de declarar la guerra», exclamo Rodolfo.

Y cuando Dula le preguntó en son de guasa cuál era el enemigo, Liaño se volvió hacia ella y también con sorna declaró solemnemente: «El mismo mar. Es ley de vida, Dula; también los humanos somos nuestros propios enemigos.»

A pesar de todo, aquella mañana Liaño se empeñó en navegar por la costa para desafiar la violencia de aquel «enfado» marino. De nada valió que Canuto y yo le advirtiéramos del peligro que suponía hacerse a la mar cuando el cresteo se cabreaba y lanzaba espumas a capricho.

Parece que estoy viendo a Canuto husmeando el aire y poniendo cara de pocos amigos: «No tiente el destino, señor Liaño. Cuando el mar se pone así, es peor que si soplara la tramontana.»

A pesar de todo, Rodolfo se aferraba a su idea: «Volveré a la hora de almorzar.» Y de un salto se metió en la canoa que bailoteaba amarrada al embarcadero.

Fue entonces cuando Dula, identificada con el arrebato de Rodolfo, agarró la toalla y se dirigió corriendo hacia la canoa en el momento en que Liaño se disponía a ponerla en marcha. «Aguarda, Rodolfo. Quiero ir contigo.»

El arrebato de Dula pasó inadvertido. Nadie estaba preparado para evitar que se metiera en el mar con la toalla en alto, para no mojarla, mientras se acercaba a la bamboleante canoa.

Pero yo la vi. Y también vi que Liaño, pese a tenerla cerca, no podía oírla por las fuerzas encontradas de los vientos.

Fue inútil gritarle. Tampoco a mí podía oírme. Y mucho menos a Dula, que rozaba ya la proa de la embarcación.

El ruido del motor en marcha y la fogosidad de la ventisca se tragaban las voces. Era imposible llegar a tiempo para que Dula se desviara. De pronto, el balanceo de la canoa se estabilizó para convertirse en un proyectil y el cuerpo de Dula apenas tuvo tiempo de apartarse del percuciente que le venía encima.

Fue un golpe seco que la dejó sin sentido y la hundió en el agua con la toalla flotando sobre su cuerpo.

Enseguida todo se volvió sinsabor, angustia, temor y enfado. Pero mi reacción fue rápida. Me lancé al agua para rescatarla. Y en brazos la trasladé a la playa con la frente sangrante y medio ahogada.

Recuerdo que cuando la extendía en la arena, Gregorio, aterrado, intento reanimarla frotándole las manos:

—Por favor, papá, hazle el boca a boca. Yo no me veo con ánimos.

Se lo hice. Tenía los labios fríos, el semblante pálido y la mirada extraviada. Ignoro cuánto rato estuvimos allí, mi hijo y yo, intentando reanimarla. Lo único que recuerdo de aquellos momentos es la voz de Rodolfo lamentándose por lo ocurrido: «Dios mío, yo ignoraba que estuviera allí.»

Y también recuerdo a Gregorio encarándose con él: «Lo malo tuyo, Rodolfo, es que ignoras muchas cosas.»

Cuando Dula empezó a recuperarse yo mismo la cogí y la trasladé a la casa. Era un cuerpo liviano, flexible, casi propio de una niña. «No te preocupes, Dula, en el fondo has tenido suerte. Podía haber sido peor.»

Ella no hablaba, ni se quejaba. Únicamente me miraba. Era una mirada suplicante, como si estuviera rogando que me alejara de ella.

La metimos en la cama. Y en cuanto estuvo acostada, salí del cuarto para dejarla a solas con mi hijo.

Aquella tarde fue una tarde belicosa. Gregorio, machacón, continuaba culpando de lo ocurrido a Liaño. En vano intenté hacerle ver que estaba equivocado: «No entiendo como puedes ser tan obtuso, Gregorio. Rodolfo nunca le propuso a Dula que subiera a la canoa.» Pero cuanto más intentaba yo sosegar a mi hijo, más lo irritaba. «No me gusta Liaño, papá. No lo veo claro. Lo considero capaz de todo con tal de conseguir lo que se propone.»

De cuanto ocurrió aquel día lo que más destaca ahora es el rostro de Dula (ya recuperada) echada en su cama, con un parche en la frente y los ojos asustados, mientras le rogaba a su marido que por favor no la dejara sola.

En efecto, aquel día fue el principio de los cambios reales. Algo así como el primer eslabón que no iba a tardar mucho en provocar la cadena de desafueros que se fueron produciendo.

Al poco tiempo ocurrió lo de la excursión a la ermita del «santo sin nombre».

Creo que jamás podré olvidar aquella excursión. Además, ahí está la cachava que Dula me entrego la noche anterior. Es un palo tosco, un bastón de cabrero con mango curvo algo chamuscado: «He comprado estos bastones en el pueblo porque todo el mundo dice que escalar el monte Daní requiere una ayuda. Al parecer el camino es empinado y el pavimento desigual.»

A veces resulta inexplicable que ciertos objetos tan poco relevantes como ese bastón puedan rescatar del pasado tantas naderías que el tiempo ha ido convirtiendo en recuerdos inolvidables. Pero lo cierto es que cuando ahora contemplo ese cayado, aquí en mi estudio, recobro todos los detalles de aquella entrega.

En aquellos instantes estábamos en la terraza y, a causa de imponderables que ya se han esfumado de mi mente, nos encontrábamos solos.

Ignoro cuántos días hacía que llevábamos hurtándonos el uno al otro. Pero lo cierto es que tanto ella como yo nos esforzamos para que nuestro encuentro fuera un encuentro convencional:

—Seguramente tardaremos dos horas en llegar a la cima.

—Eso creo. Liaño ya ha comprado las mochilas para cargar el almuerzo.

—Me han asegurado que no hay que preocuparse por el agua; junto a la ermita hay un manantial de agua muy buena.

—De cualquier forma, gracias por las cachavas. Ha sido una buena idea, Dula.

Al día siguiente nos levantamos temprano. Todavía recuerdo el olorcillo que venía de la cocina mientras Leticia freía las tortillas de patata. Y la voz de Canuto asegurándonos que los tomates de la ensalada habían sido arrancados de la planta aquel mismo día, y que las frutas eran tan maduras que si no se comían enseguida habría que echarlas al cubo de la basura.

Recuerdo que aquella mañana el sol tenía la mansedumbre propia de los nublados, pero la atmósfera era lo bastante nítida para que el paisaje desde lo alto del monte no se enturbiara.

La cuesta era empinada, y al llegar hacia la mitad del camino los cuatro íbamos jadeando. (Aquel día Paula, debido a su trabajo en el hotel, no pudo acompañarnos.) Hicimos un alto en el camino para recuperar fuerzas.

De pronto, sin motivo alguno, los cuatro rompimos a reír. Probablemente era la altura lo que empezaba a provocar nuestra euforia. Incluso Dula parecía recuperar aquella vivacidad que la caracterizaba recién llegada de Tailandia:

—La verdad es que los tres estáis hechos unos fofos —dijo señalándonos con su cachava—. Vaya tres hombres fornidos.

Y continuó avanzando para animarnos a que la siguiéramos. Recuerdo que de vez en cuando volvíamos la vista atrás para comprobar cuánto habíamos adelantado. Era difícil saberlo, pero lo cierto es que el pueblo, a medida que avanzábamos, se iba resumiendo y el mar, en cambio, se ensanchaba:

—Adelante: nada de descansos. Hay que llegar a la ermita cuanto antes.

Ahí está de nuevo Dula, subida a un montículo. Desde abajo su cuerpo parecía alargarse y cuando hendía el aire con el bastón, tenía algo de espiga mecida por el viento.

El terreno era abrupto, empinado y carecía de un sendero definido. El tiempo y la vegetación lo habían borrado. Por eso la ermita que antaño había protagonizado romerías, promesas y testimonios de fe, se iba quedando en ruinas.

Ya nadie se molestaba en escalar el monte para pedirle al santo que hiciera milagros. La abulia de los tibios y la incredulidad de los que se las daban de sabios había ido minando lentamente el significado de su existencia.

Lo único que se conservaba era la estructura histórica, aunque descompensada por el abandono.

Recuerdo ahora las bromas de Rodolfo:

—Llegar hasta aquí ya no es visitar al santo, sino darnos una buena tunda gimnástica.

Sin embargo, Dula no se resignaba a dar por perdida aquella faceta tradicional:

—Me han asegurado que ese santo hace milagros. —Lo que le molestaba era no conocer su nombre—. Si al menos supiera cómo se llama.

De nuevo le expliqué que aquella ermita siempre había sido la ermita de los pescadores. Y que, de hecho, la gente del pueblo no tenía empeño en conocer el nombre del santo.

Pero Dula no parecía oírme. Tenía algo en mente y no quería que nadie interfiriera en su empeño.

En efecto, aquel fue un día clave para lo que vino después. Pero entonces aún no podíamos saber lo que iba a ocurrir.

Ahí está ese olor a leña quemada que venía de un improvisado fogón donde Dula abrasaba las costillas de cordero. Y la voz de Rodolfo anunciando que más allá de Mas Delfín estaba cayendo un chaparrón.

Después del almuerzo Gregorio y Rodolfo se quedaron medio adormilados. Yo también fingí dormir pero en realidad fue un pretexto para no hablar con ella. De pronto vi cómo Dula se acercaba al recinto de la ermita.

La verja que lo rodeaba estaba cerrada, pero ella la forzó como si pudiera abrirla. No lo consiguió. Entonces hizo algo inaudito: se arrodillo ante la verja y rompió a llorar.

4

Cuando Miguel por algún motivo se vuelve iracundo, la emprende con Leticia:

—Esta comida no me gusta.

—Pues no tengo otra.

—No importa, me quedaré sin comer.

—Demonio de crío. ¿Cómo puedes saber que no te gusta si no la has probado?

Pero Miguel no atiende a razones. Miguel esta mañana se ha levantado con el pie izquierdo. Y Leticia, por más que lo intenta, no puede dominarlo.

En realidad, todo eso está ocurriendo porque el abuelo se ha ido a la ciudad sin él. De nada valió que se lo advirtiera: «Debo ir a la ciudad para resolver un asunto con mi editor.» Los motivos no le importan. Lo que le duele es que el abuelo no haya contado con él para hacer el viaje. Pero no lo dice. Sólo lo expresa. Y Leticia es incapaz de averiguar cómo evitar que el niño no esté tan enfurruñado.

—Un día me iré de aquí y no me veréis más.

—Eso. Ya verás cómo te las arreglas cuando te encuentres a la buena de Dios.

Pero Miguel sigue furioso, y mientras se desahoga se le van llenando los ojos de lágrimas y la voz se le va quebrando hasta quedarse en un débil hilo.

—De modo que otra vez vuelves a ser Mr. Proper.

En estos momentos Leticia es la mujer odiosa y grasienta que balancea sus carnes cuando camina y a la que, agobiada de tanta masa corpórea, se le llenan las axilas de sudor al tiempo que las guedejas se le pegan a las sienes.

—Y tú la bruja de la casa de turrón.

Leticia, sin embargo, no se inmuta. Leticia tiene la virtud de envolverse en una capa invisible que la protege de cualquier ataque verbal. En cambio se venga sacando a relucir retazos de la vida pasada que humillan mucho al niño:

—¿Sabes, Mr. Proper? Tu padre, cuando tenía tu edad, no era rabioso como tú. Era el mejor niño del mundo. Deberías tomarlo como ejemplo.

Pero Miguel no contesta. Todavía ofendido, salta de la silla y sale de la casa.

La mañana ha sido aburrida: sin baño, sin la voz del abuelo contándole historias de los peces o de las aves o de todo lo que Miguel escucha con atención. Especialmente cuando, mientras atraviesan el bosque, para llenarlo de curiosidad le explica cómo los trasgos y los gnomos que habitan allí se esconden tras los alcornoques cuando intuyen el paso del hombre.

Además el día está nublado. Es un día plúmbeo, de nubes bajas que impiden contemplar la ermita que corona el monte Daní.

Se diría que hoy es un día muerto. Inútil dar con algo que lo arranque del malhumor que lleva dentro. Todas las cosas, lejos de animarlo, se vuelven contra él. Incluso la bicicleta. Ahí está, tumbada y desdeñada como si jamás hubiera despertado la ilusión del niño. Y Bruto, meneando la cola y hociqueando sus zapatillas de lona para animarlo a retozar con él, sin conseguir que el niño le haga caso porque hoy ni siquiera el perro despierta su interés.

Miguel se aburre. Se aburre tanto como los pájaros enjaulados, los topos o los murciélagos.

De pronto divisa la pelota de fútbol arrinconada junto a un tiesto de geranios. Y recuerda con nostalgia las enseñanzas del abuelo para que aprendiera a chutar y a hurtar la pelota al contrario. El abuelo lo sabía todo y le hablaba de todo. Y le enseñaba cosas fascinantes cuando los dos se ponían ante el televisor.

Por eso Miguel ahora sabe incluso quién es Ronaldo, y la importancia del fútbol. De ahí que no conciba bajar a la playa sin intercambiar goles con el abuelo y sentirse, también, un poco Ronaldo.

De pronto divisa a Canuto. Tampoco él ha bajado hoy a la playa. En estos momentos está atravesando el bosque con aire fatigado para dirigirse al borde del acantilado donde se alza el invernadero. Canuto es un hombre rutinario y jamás se olvida de atender las flores y las plantas de ese lugar. Y eso que el abuelo ya no demuestra gran interés por esas flores. Miguel no ha olvidado la conversación que hace unos días Patricio mantuvo con el colono: «¿No crees que después de tanto tiempo sería conveniente hacer tabla rasa del invernadero y dejar que todo lo que hay dentro se muera de una puñetera vez?»

Canuto es un poco sordo, pero Miguel está convencido de que en aquel momento fingió no haber oído lo que el abuelo le dijo: «¿Dice usted algo de las flores?» Y el abuelo: «Efectivamente, Canuto. ¿A quién puede importarle ya que sigan vivas?» Aunque es un hombre tosco, Canuto siempre tiene respuestas oportunas para mantener criterios propios: «A la señorita Paula le gusta colocar flores en las habitaciones de la casa.»

Pero el abuelo no atendía a razones: «La señorita Paula no es nadie para decidir los destinos de Mas Delfín.» Y como viera que Canuto permanecía boquiabierto: «No te pido que las destruyas, Canuto. Únicamente quisiera que las dejaras morir, que se acabe de una vez esa comedia, y ese mecerlas con música y esa estupidez de hablar con ellas. En resumen: que las olvides.»

Pero Canuto no puede olvidarlas, lleva demasiado tiempo adoptando las creencias de doña Juliana para apostatar repentinamente de ellas. Canuto es un animal de costumbres que convierte los hábitos en dogmas de fe. Y todos los días, cuando tiene un hueco libre, se acerca al invernadero para cuidar de ellas.

Sin embargo, Miguel jamás ha entrado en ese recinto. Cada vez que le ha pedido al abuelo que se lo enseñe, éste se ha hecho el remolón y ha cambiado de tema. Por eso considera que ahora es un buen momento para entrar en él y conocerlo.

Canuto no es un pelmazo como Leticia, ni le llama Mr. Proper, ni le echa en cara que su padre, durante la infancia, fuera el mejor niño del mundo. Canuto es simplemente un experto en mar, en flores, en escaladas, en cielos y en mariposas. Y cuando habla con Miguel lo hace adoptando un espíritu didáctico para que el niño sepa distinguir insectos, plantas, vientos, nubes y peces, sin incurrir en dialécticas desagradables.

—Aguarda, Canuto, voy contigo —le grita Miguel antes de que Canuto se encierre en el invernadero.

Y sin pensarlo más, corre hacia el acantilado seguido de Bruto.

De nuevo el bullicio y los ladridos del animal. Canuto, al verlos llegar sonríe. Sabe que tiene los dientes mellados de tanto fumar caliqueños pero no le avergüenza enseñarlos. Canuto además es un amante de los niños y no tiene inconveniente en explicarles con pelos y señales cómo puede descubrirse una mina de agua bajo tierra llevando una vara entre las manos, o cómo conseguir que una piedra plana navegue por el mar si se es capaz de lanzarla con tino y maestría.

Indudablemente Canuto es un hombre de recursos cuyo único defecto consiste en que no se lava demasiado. Tal vez por eso cuando se acerca a Miguel, el pequeño nota que se le viene encima un alud de aromas desagradables hechos de pastos, tierras removidas y mezcladas con una buena porción de estiércol.

—Vamos, entra.

Y Miguel obedece aunque le molesta que Canuto le haya impedido que Bruto hiciera lo mismo.

—Son órdenes de la señora, que en gloria esté. Los perros no deben entrar en los invernáculos.

—¿Qué señora?

—¿Quién va a ser? Tu abuela.

—¿Quieres decir Paula?

—¿Qué Paula ni qué cuernos? Esa señorita no es tu abuela. A ver cuándo te enteras. Tu abuela está en el cielo.

—Entonces, si ella no lo sabe ni puede vernos, ¿qué más da que Bruto se meta con nosotros en este sitio?

—Hay que respetar las ordenes de los muertos.

Y sin más cierra la puerta al animal. De nada vale que Bruto arañe la madera y gima y ladre.

—Que se acostumbre a esperarte fuera como se esperaba el otro Bruto.

Y cogiendo al niño de la mano lo va adentrando en los vericuetos del recinto.

Todo es nuevo en este lugar. Hasta los sonidos son diferentes. Aquí, el croar de las ranas y el canto de los grillos suenan de un modo distinto, sobre todo cuando, después de haber puesto en marcha el tocadiscos, el silencio vuelve a dejar el paso libre a la voz de los animales.

—Mucho cuidadito, Miguel, no toques ninguna flor —le recomienda Canuto— Paséate por donde quieras, pero no las molestes.

—Descuida, no las tocaré.

Y Canuto, confiado, lo deja a su merced para que Miguel descubra por sí mismo la grandeza y soberanía de las plantas. De vez en cuando se vuelve hacia el colono y pregunta cómo se llaman. Todas tienen nombres. Todas conservan su entidad: gladiolos, dalias, claveles colgantes, crisantemos, rosas, petunias, capuchinas, verbenas. Pero a Miguel los nombres le traen al fresco. Lo que le embelesa es el trazado de esas callejas vegetales y ese modo de ocupar distintas porciones de tierra para que las flores tengan sus propios barrios y sus propias viviendas.

—Ahí están las orquídeas —le dice Canuto—. Son las reinas de las flores.

De pronto el niño descubre los muebles que Juliana mandó instalar para convertir el invernadero en una especie de salón. Hay un sofá, sillones, mesas, lámparas y algo parecido a una biblioteca.

—Hace muchos años, cuando tu abuela vivía, tu abuelo y ella solían sentarse en este lugar horas y horas. Decían que era la habitación más agradable de la casa.

Miguel lo contempla todo embelesado. Incluso siente como un deseo de conocer a esa abuela que Canuto le ha descrito. Pero ni siquiera puede imaginarla.

Los mitos pasados nunca pueden ser totalmente comprendidos por los mitos presentes. Y Miguel, aunque lo ignora, también es un mito. Alguien que a veces se cree astronauta y a veces personajes cósmicos, o futbolista, o Miguel Induráin, o cazador de sirenas.

—Tu abuela siempre decía que las flores tienen alma.

—Y tú, ¿crees que la tienen?

—En todo caso es un alma muy limitada.

Miguel no entiende eso de la limitación de las almas. De hecho Miguel entiende muy pocas cosas todavía, especialmente cuando algo le obsesiona o cuando se aburre como se ha aburrido esta tarde.

De lo único que se siente orgulloso es de la amenaza que le ha lanzado a Leticia cuando se ha negado a comer: «Un día de estos me iré y no volveréis a verme.»

Y, de repente, la idea.

Es una idea brillante, inmensa, llena de expectativas y emociones. Una idea que va a solucionar todos sus problemas y frustraciones: la rabia de saberse marginado, la vergüenza de verse atacado por Leticia, la venganza que va a dolerle al abuelo. Es una idea perfecta que incluso derrumba el aburrimiento que viene experimentando desde la mañana.

Y por primera vez en todo lo que va del día, Miguel se nota vivo, excitado, con derechos propios y expectativas puramente particulares, porque, por fin, va a sentirse vindicado.

Se le ha ocurrido de pronto cuando se ha dado cuenta de que Canuto se olvidaba de él y empezaba a enfrascarse en la tarea de podar, recoger, limpiar, regar y poner en marcha el tocadiscos.

—Adiós, Canuto.

—Adiós, Miguel. Vuelve a casa y procura no enfadarte con Leticia.

Pero Miguel no se marcha. Miguel ha encontrado un escondite perfecto para que nadie lo encuentre. Ahora sabrán lo que es bueno, se dice, y sin pensarlo dos veces se dirige al centre del invernadero y lentamente se arrastra por el suelo hasta meterse debajo del sofá.

Luego ríe. Es una risa nerviosa como si un duende le incitara a ello. El corazón, sin embargo, le late fuerte. Y la respiración se le desboca de puro agitada. Pero se domina.

La postura no es cómoda. No le importa. Tampoco es cómodo verse marginado y abandonado y manipulado. Además, lo que

Miguel pretende es que los mayores se asusten y reconozcan que sus comportamientos han sido malos y que un niño no merece que se le deje todo un día a merced de su fastidio, ni abusar de su impotencia, ni abandonarlo fríamente a su aflicción.

Está convencido de que los mayores deben aprender muchas cosas que nadie les enseña porque son mayores. Por eso él, que es un niño, está dispuesto a infligir ese castigo que todos los habitantes de Mas Delfín se merecen.

Lo importante es permanecer quieto y no llamar la atención hasta que Canuto salga del recinto. Luego, sin duda empezará el baileteo.

Pero Miguel lleva ya un buen rato escondido debajo del sofá y Canuto aún no da señales de marcharse.

De pronto las luces se apagan y Canuto abre la puerta. Enseguida le oye perorar con Bruto:

—¿Pero que diantres haces aquí, demonio de perro?

Bruto no contesta. Pero gime, se excita y al parecer forcejea con Canuto porque no le deja entrar. O acaso le está explicando, a su modo, que su amo está ahí dentro y que si cierra la puerta va a dejarlo incomunicado.

Pero Canuto, con ser un hombre cultivado, desconoce el lenguaje de los perros y lo único que se le ocurre es coger al animal en brazos y cerrar la puerta tras él. Enseguida se oyen los pasos del colono camino de la casa y el gimoteo del perro cada vez más débil.

Por fin Miguel se siente a salvo. Por fin su venganza está a punto de empezar.

Harto de la postura que ha adoptado hasta ahora, sale de su escondrijo y se tumba en el sofá. Es un sofá cómodo, blando y lo suficientemente grande para abarcar los cuerpos de tres personas mayores. Además, desde el brazal, donde apoya la cabeza, se contempla el paisaje estrellado más bello del mundo. Miguel ignoraba que los techos de cristal pudieran reflejar paisajes siderales tan fascinantes como el que él contempla ahora.

Poco a poco, la calma que despide el ambiente lo tranquiliza y ya no jadea como lo hacía debajo del sofá.

Lo importante ahora es contemplar ese mundo infinito de luces lejanas, de caminos iluminados que cruzan el espacio y que casi lo hipnotizan.

Con un poco de imaginación, Miguel incluso puede volar hasta ese vasto panorama de estrellas y sentirse inducido hacia mundos que nadie conoce.

Enseguida surge la placidez y la sensación de descanso y esa maravillosa seguridad de saberse vengado. Eso es lo esencial para él: el susto que va a provocar a Leticia, a Rodolfo y a su abuelo.

De pronto bosteza. Luego se acurruca hacia un lado y se queda dormido.

✳   ✳   ✳

La primera en descubrir su desaparición ha sido Leticia:

—Pero si yo lo vi meterse en el invernadero con Canuto.

Pero Canuto jura y perjura que el niño hacía ya mucho rato que se había marchado de allí.

—Fue antes de que el sol declinara. Me aseguró que se iba hacia la casa.

Pero Rosario, la camarera, afirma una vez más que el niño no ha vuelto.

—Dios Santo, ¿qué va a pensar su abuelo cuando regrese?

—Hay que buscarlo por todas partes. Y quizá tengamos que avisar a la Guardia Civil.

Afortunadamente la noche es clara. Las nubes bajas que han presidido la mañana y la tarde se han despejado en cuanto ha soplado la tramontana.

Pero la búsqueda del niño cada vez se está volviendo más ardua e infructuosa. De nada ha valido gritar su nombre contra los ecos del monte y los arbustos del bosque. Miguel no contesta, y el miedo empieza a introducirse en la imaginación de todos, acrecentado sospechas horribles y situaciones irreparables.

—Dios mío, no quiero ni pensar en lo que puede haberle ocurrido.

Lo peor es la crispación que se ha creado. Ese «temer continuo» que las conciencias heridas pueden ocasionar. Y pensar que la culpa de su desaparición no es cosa del niño, sino de todos los que han desatendido sus andanzas.

—Dios sabe lo que habrá sido de él —insiste Leticia—. Esta misma tarde me ha dicho que a lo mejor se iba de esta casa para no volver.

Lo ha confesado con la voz agarrotada de angustia y los ojos irritados a punto de lagrimear.

Nada importa que Canuto y Rosario se empeñen en que no puede haber salido de la finca. La finca es muy grande y Leticia es agorera, siempre proclive a pensar lo peor.

—A lo mejor se ha despeñado.

La idea de un Miguel caído por el barranco o despeñándose por el acantilado sin que nadie hubiera podido socorrerle es la peor de las suposiciones que se apoderan de ella.

Pero Canuto la tranquiliza. Canuto es un buen escalador y está dispuesto a recorrer todos los barrancos y todos los recovecos de Mas Delfín con una linterna en la mano.

De improviso se escucha el sonido del motor y se perciben los faros del coche. Enseguida la carretera que desciende hacia la casa se va iluminando a medida que el vehículo del doctor Gallardo avanza. Y al dolor triste de todos se une ahora el horror de tener que explicarle al abuelo la súbita desaparición del niño.

—Me voy corriendo al acantilado del invernadero –exclama Canuto sin aguardar a que el automóvil se detenga en la explanada.

Pero Leticia se queda ahí, con Rosario: las piernas temblorosas, el llanto abrillantando su palidez y el vientre lleno de retortijones, igual que si una alimaña la estuviera royendo.

—Dios bendito. Y ¿cómo voy a decírselo?

No es necesario que se explique. Patricio ha comprendido inmediatamente que algo grave está ocurriendo. No es normal que Miguel no le salga al encuentro y que las dos mujeres estén ahí ante la puerta, sin moverse, sin hablarle ni mostrar más reacción que la de un llanto copioso y estridente.

—¿Pero qué diantres sucede?

Al final se lo explican. Lo hacen a trompicones, menudeando torpezas y contradicciones. Pretenden ser exactas, pero son difusas, deslabazadas y lo que expresan apenas tiene sentido.

En vano Liaño se esfuerza en calmarlas:

—Por favor, que sólo hable una.

Pero no le hacen caso. Ni siquiera lo escuchan. Lo único que les importa es repetir constantemente que Miguel ha desaparecido, que estaba en el invernadero y que luego se ha marchado.

—Pero ¿dónde?

—No lo sabemos. Se ha ido. Ha dicho que ya no volverá. Estaba muy enfadado.

Patricio ya no aguanta más. Sacude los hombros de Leticia y le insiste para que sea más explícita:

—¿Se puede saber a qué te refieres con eso de que ya no volverá?

—Que está enfadado, doctor. Que se ha ido. Así de claro.

Afortunadamente el doctor Gallardo es un hombre sereno y los dislates de Leticia no llegan a impresionarle. Además conoce a

Miguel, sabe que por mucho que amenace es demasiado inteligente para poner en práctica sus amenazas.

—Vamos a ver, hagamos un repaso a lo que ha ocurrido esta tarde.

Y el relato se multiplica, se desborda, se convierte en un galimatías de contradicciones. Y Patricio comienza a impacientarse. Lo peor es la imposibilidad de pensar. Se lo impiden los lamentos de Leticia y ese continuo echarse la culpa por no haber atendido mejor al pequeño.

—Tiene usted que matarme, doctor. Nunca podré pagar el daño que he causado a esa pobre criatura.

La tensión aumenta y Patricio comprende que está perdiendo los estribos.

De pronto surge Bruto. Ha llegado hasta ellos ladrando y agitando el rabo, pero, lejos de detenerse, continúa hacia el invernadero como si alguien lo persiguiera.

—¿De dónde ha salido ese animal?

—Se habrá escapado, doctor. Yo lo había encerrado en la cocina porque también él quería marcharse. Yo no sé lo que está ocurriendo, pero tanto el perro como el niño se han vuelto muy raros.

Patricio y Rodolfo se miran, y una idea común brota repentinamente.

—Hay que seguir a Bruto.

A veces las intuiciones no fallan. Son brotes matemáticos que no admiten ambigüedad. Pequeñas explosiones de la mente que siempre avisan.

En efecto, el perro se ha detenido junto a la puerta del invernáculo. Pero el animal no se sosiega: rasca la puerta con las uñas, gime, ladra, y vuelve a arañar la madera con sus patas delanteras.

—Que abran esa puerta inmediatamente.

La puerta se abre, las luces se encienden y el animal se precipita alocadamente hacia el centre del invernadero.

Ahí se encuentra Miguel. Dormido tan profundamente que ni siquiera se entera de que todos están ahí contemplando su cuerpo acurrucado en el sofá, ni que Leticia, abrazada a Rosario, rompe a llorar desconsoladamente porque sus nervios se han desquiciado.

El que no se conforma es Bruto. Desprendido ya de todo complejo, el animal salta impetuoso sobre el cuerpo del niño para prodigarle lamidos y gimotear sin descanso.

Miguel se despierta. Es un despertar atípico y desconcertante. Nada de lo que le rodea tiene sentido: ni la mirada zumbona del abuelo, ni los llantos de Leticia, ni la agitación de Bruto, ni es mareante despliegue de flores y plantas que lo rodean.

—Nos has tenido muy intranquilos —le dice Liaño.

Y de pronto Miguel recuerda. Es un recuerdo desagradable, que, sin saber por qué, lo está convirtiendo en un niño malo: uno de esos niños retorcidos que protagonizan los cuentos del abuelo cuando se va a dormir.

Probablemente todos han descubierto ya que su desaparición no ha sido casual, sino que es la consecuencia de una venganza muy meditada desde que el abuelo lo ha dejado a merced de sí mismo para escapar a la ciudad.

—Te has escondido, ¿verdad?

Pero Miguel no contesta. En estos momentos Miguel es un delincuente pillado en falta y fluctuando entre la verdad y la mentira. Un ser indefenso que se ha portado mal y que no sabe cómo salir del atasco en que su cabezonería lo ha metido.

—Si no llega a ser por Bruto, nadie te hubiera encontrado —le reconviene el abuelo—. Y aquí te hubieras quedado para siempre.

Pero Miguel reacciona enseguida:

—No es verdad. Canuto me hubiera encontrado.

—¿Y si Canuto, que anda buscándote por el acantilado, se despeñara? Entonces nadie hubiese entrado en el invernadero y tú no hubieras podido dar señales de vida.

Miguel reflexiona, se sume en el silencio y piensa que el enfado del abuelo es demasiado pacífico para que él se defienda como tiene por costumbre, con enfurruñamientos.

—Además, ¿te parece bonito que por tu culpa Leticia se haya disgustado tanto?

No se lo dice furioso, al contrario, lo expone todo con aire sereno, casi amable, tal vez por eso Miguel se nota cada vez más abatido y angustiado.

—No, Miguel, lo que has hecho no está bien. Quiero que lo comprendas.

Y Miguel no sólo lo comprende, sino que, contagiado de la mansedumbre del abuelo, se va dejando dominar por la vergüenza y el arrepentimiento.

—Nunca hubiera esperado semejante cosa de ti.

Eso es lo peor para el niño: el desengaño del abuelo, el dolor del abuelo, la desilusión del abuelo. Pero se resiste a pedir perdón. Pedir perdón supone oscurecerse, anonadarse y convertirse en una mota de miseria digna de desprecio.

En realidad eso es lo que ahora le está causando tanta aflicción al pequeño: el desprecio que seguramente experimentan por él los que lo rodean. El problema se resuelve en parte cuando el abuelo ruega a todos que lo dejen solo con el niño.

Únicamente Bruto se queda con ellos. Ahora ya es un perro sosegado, que descansa tranquilo sobre el regazo de su amo.

—Mírame, Miguel.

Y Miguel dirige su mirada hacia el abuelo abriendo mucho los ojos, pero con la cabeza gacha.

—¿Por qué lo has hecho?

Miguel quisiera explicarlo, pero cierto temblor en el mentón le impide abrir la boca y nota que la voz se le va atrofiando entre esos nudos raros que le atenazan la garganta cuando tiene ganas de llorar.

—Vamos, pequeñajo, ya ha pasado todo.

Y antes de que el niño estalle en sollozos el abuelo lo coge en brazos y lo aprieta contra su pecho. Otra vez juntos, otra vez latiendo al unísono; y el universo de ambos nuevamente fusionados.

—¿Ya no me quieres, abuelo? —le pregunta el niño con los labios pegados a su oído.

Y Patricio le da un beso por respuesta.

—¿Por qué dices eso? ¿Cómo no voy a quererte? Creo que te quería ya antes de que nacieras.

No importa que el niño no comprenda lo que intenta decirle. Basta con que capte el sentido. Y el sentido está entrando en él como el mayor de los regalos.

—¿De verdad tú ya me querías antes de que naciera?

El doctor Gallardo asiente: jamás ha podido olvidar la emoción que sintió cuando a los dos meses de haber abandonado Mas Delfín para regresar a Bangkok, Gregorio y Dula lo llamaron por teléfono para comunicarle que, por fin, iba a ser abuelo: «Prepárate, papá, lo que tengo que decirte va a llenarte de alegría.»

El verano había ya terminado y el frescor del otoño iba impregnando las gruesas paredes del caserón de Mas Delfín. En aquellos momentos él estaba en su estudio y mientras hablaba con Gregorio contemplaba la novela empezada que seguía estancada en la cubeta de plástico.

—¿Estás ahí, papá?

—Estoy aquí, hijo. Dime lo que ocurre.

—Vas a ser abuelo. Dula está encinta. ¿Me oyes, papá? Dula y yo vamos a tener un hijo.

Era difícil asimilar aquello. Pero Gregorio insistía:

—Por fin se ha realizado nuestro sueño.

—Me das una alegría, hijo. Os felicito a los dos.

—Es como un sueño, papá. Dula y yo estábamos convencidos de que ese sueño jamás iba a realizarse.

Preguntó entonces por su nuera.

—Quisiera felicitarla.

No debía de encontrarse muy lejos porque enseguida escuchó su voz:

—Estoy aquí. Gracias, Patricio.

Imposible confundirla: era la voz de siempre, aquella que caldeaba las noches de la terraza y las mañanas de la playa y la escalada al monte Daní.

—Te deseo lo mejor, Dula.

Y otra vez:

—Gracias, Patricio.

Luego hubo un silencio blanco lleno de ideas desparramadas y algo aturdidas. Lo cierto era que no encontraba palabras para expresar lo que estaba sintiendo. Lo único que se le ocurría eran lugares comunes:

—Me alegra saber que sois tan felices.

Y de nuevo la voz de Gregorio:

—¿Podrás venir a Tailandia cuando nazca el bebé?

Le contestó que haría todo lo posible por ir, y añadió:

—Todavía falta mucho tiempo. ¿Cuándo esperáis que nazca?

Gregorio ya había echado cuentas:

—A primeros de junio.

En estos momentos, el doctor Gallardo se nota ausente. De pronto se le ha borrado todo, menos la conversación que mantuvo con sus hijos antes de que naciera Miguel.

—En efecto, Miguel —le dice—. Te quise muchísimo antes de que nacieras.

Y mientras Patricio le había, el niño se apretuja contra él y le besa en la mejilla.

Enseguida coge al niño por los brazos, lo coloca sobre los suyos y se encamina hacia la casa, mientras Bruto, con el rabo alzado y lanzando al aire sus ladridos, corre tras ellos zigzagueando y encabritándose como un perro loco.

* * *

Corrían ya los últimos días de julio cuando la tirantez que convertía el ambiente de Mas Delfín en pequeños polvorines dio en fomentar un desagradable estallido que cambio la normalidad de aquel verano definitivamente.

Todo empezó cuando Gregorio descubrió que Dula, mientras él dormía, había estado llorando en lo alto del monte Daní.

En vano intentó conocer la causa de aquel llanto inesperado. Dula no se explicaba. Decía que estaba nerviosa, y que había sido un llanto tonto propio de una mujer histérica. Y mientras hablaba miraba a Rodolfo Liaño como suplicando que la ayudara.

Lo cierto fue que el regreso a Mas Delfín fue taciturno. Por mucho que Dula intentara disculparse por haberse dejado llevar por un decaimiento absurdo, la crispación enturbiaba la atmósfera y la volvía densa.

Recuerdo la irritación de mi hijo cada vez que su mujer se acercaba a Rodolfo Liaño: «A saber que estará maquinando ese hijo de perra.» Era inútil explicarle que sus dudas eran demenciales, y que entre Liaño y Dula no había nada más que una simple amistad. «¿No te das cuenta de cómo la mira? Te lo vengo diciendo hace mucho tiempo, papá: ese hombre no me gusta.»

Resultaba difícil convencer a mi hijo, pero era todavía más difícil permanecer al margen de aquel inaudito círculo vicioso en el que nadie confiaba en nadie y en el que todos guardábamos secretos imposibles de revelar.

El hecho era que la espontaneidad del principio se había volatilizado y por mucho que fingiéramos que entre nosotros todo continuaba igual, nada era ya lo mismo.

Lo grave era ver a Dula tan cambiada. Se acabó la tertuliana esclarecida que participaba en las conversaciones con la agudeza y los claroscuros inteligentes que tanto la habían caracterizado al principio. Sus silencios se iban dilatando cada vez más y si se le preguntaba algo, se limitaba a asentir como si le costara analizar la pregunta.

También su desgana por todo se iba haciendo cada vez más evidente, y si, en algún momento, se planteaban problemas que diferían de su modo de pensar, ni siquiera se molestaba en llevar la contraria. Asentía, claudicaba: no quería luchar por las ideas como había hecho

107

antes. Tal vez por eso, en cuanto podía, pretextaba cualquier excusa y se encerraba en su cuarto.

Fue aquel comportamiento lo que obligó a mi hijo a confiarme sus dudas: «Dula ha cambiado, papá. Supongo que ya te habrás dado cuenta. Pero no hay forma de saber lo que le ocurre.»

Recuerdo que en aquel momento nos encontrábamos todos en la playa. Ahí está Canuto empujando la embarcación donde Dula y Rodolfo se habían instalado para hacerse a la mar como todos los días. «A veces creemos ver fantasmas donde sólo hay miedo de verlos, Gregorio; probablemente te traiciona tu susceptibilidad.»

Aquella misma tarde debíamos ir al pueblo para recuperar mi coche que se estaba reparando. El trayecto fue silencioso.

Nos detuvimos en el hotel Verde Mar para recoger a Paula. Llegó hasta nosotros como siempre, desenfadada, sentando plaza de mujer indispensable: «He reservado una mesa en el comedor de la playa para cenar con vosotros.»

También aquel día Paula habló mucho para no decir nada. Y como tenía por costumbre, dejó en el aire la marca de su inefable inoportunidad: «Parece imposible que después de cuatro años no tengáis hijos —le comento a Gregorio—. A Patricio le gustaría tanto que lo convirtierais en abuelo. —Y volviéndose hacia mí: —¿Verdad, Patricio?

A simple vista lo que Paula decía, parecía normal. Pero a simple conciencia era evidente que estaba poniendo el dedo en la llaga. Nadie como yo sabía lo mucho que a Dula le dolía su esterilidad.

Por supuesto, la mesa que Paula había reservado en el hotel Verde Mar, aquella noche se mantuvo vacía.

Nadie daba muestras de querer quedarse en el pueblo después de recoger el coche reparado. A todos les apremiaba regresar: «Lo sentimos, Paula, pero esta noche no podemos quedarnos.»

También aquella tarde Dula desapareció. «Nos encontraremos en la plaza», dijo y se metió calleja adentro dejándonos a los tres hombres solos. Fue entonces cuando Gregorio, acercándose a mí, me rogó que me ocupara de Dula: «No quiero que se meta en el coche de Liaño. Además tengo que hablar con él.»

Debí prever que entre aquellos dos hombres iba a ocurrir algo que difícilmente podría subsanarse.

En realidad todo era difícil: acertar en las respuestas o en los consejos, averiguar dónde empezaba y dónde acababa lo que debía considerarse correcto, plantear razones oportunas sin incurrir en errores y, sobre todo, acabar con la gran mentira que nuestra verdad estaba ya materializando.

«Ándate con cuidado hijo: no te olvides de que las apariencias engañan.»

Recuerdo que los vi marchar mientras yo aguardaba a Dula en la plaza de la fuente.

De hecho, nada en el pueblo se parecía a lo que hasta entonces había sido. Era como si la fuente ya no emitiera sonidos musicales, ni las callejas recordaran trayectos medievales, ni las playas parodiaran fragmentos mitológicos de los relatos homéricos. No sé por qué, pero aquel día, incluso a pleno sol, el pueblo se me antojó como una gran nave a la deriva que, en medio de una niebla espesa, se empeñaba inútilmente en encontrar la ruta adecuada.

Esperé a Dula un buen rato. Pero no daba señales de vida. Al fin alguien me dijo que la había visto entrar en la iglesia. Fui a buscarla allí. La nave se hallaba casi vacía y en penumbras, y el retablo se veía opaco, casi desposeído de su significado cristiano.

No tardé en vislumbrarla. Estaba allí, arrodillada junto a un confesionario donde un sacerdote leía el breviario al arrimo de una lamparita tenue que iluminaba las páginas. Se comprendía que estaba rezando porque tenía los ojos cerrados y las manos unidas.

Al principio pensé en interrumpir sus rezos, pero opté por aguardar sentado dos bancos atrás, hasta que ella decidiera marcharse.

No podría decir con exactitud cuánto tiempo estuvimos allí, silenciosos, ajenos el uno al otro, viendo como algunas mujeres se acercaban al confesionario.

También era difícil pensar qué clase de diálogo estaría manteniendo Dula con el Ser que, según ella, estallaba en su alma cuando al llegar el domingo se impregnaba del pan bendito.

Cuando salió, la hora estaba pidiendo que la luz del día se esfumara, pero los días a finales de julio son todavía muy largos.

No hubo titubeos cuando nos encontramos. Las explicaciones fueron breves y Dula, tranquila, entró en mi coche sin dar muestras de incomodidad.

Aquella tarde no pusimos en marcha el tocadiscos. Era evidente que Dula tenía deseos de hablar. Se expresaba con sosiego, sin lastres peyorativos ni dudas recelosas:

—He entrado en la iglesia para confesarme. Llevaba mucho tiempo sin hacerlo. —Y enseguida—: Te aseguro, Patricio, que nada mejor que volcar nuestras torpezas a Dios para recuperar la calma.

—Debe de ser magnífico tener tanta fe y poder confiar como tú confías.

—Lo importante no es confiar, lo importante es echar fuera los desperdicios interiores. La confianza vendrá después. Es lo mismo que decirle a Dios: Por favor, acepta mis ruinas y conviértelas en edificios artísticos.

—No deja de ser un alivio explicarle a otra persona aquello que ni siquiera nos atrevemos a pensar —le dije.

—No, Patricio, yo no he confiado mis problemas a otra persona. Eso no soluciona nada. Yo los he confiado a Dios.

Dula no me miraba. Yo tampoco la miraba a ella. De hecho era como si, más que dialogar, fuéramos desgranando esos monólogos que a veces el ser humano se siente impelido a lanzar al aire.

—De cualquier forma, me cuesta creer que lo que tú llamas problemas puedan ser graves.

—Entonces crees que soy inocente. No caigas en ese error, Patricio. No soy inocente. Nadie lo es. Todos los seres humanos ocultamos facetas oscuras. —Y tras un silencio algo prolongado—: ¿Te ha dicho algo Gregorio?

—Efectivamente. Gregorio está preocupado. Dice que tú ya no eres la misma.

De pronto Dula volvió su cara hacia mí:

—Yo quiero a tu hijo, Patricio. Lo he querido siempre. Espero que me creas.

Se esforzaba por ser convincente. Pero me dio la impresión de que no encontraba la fórmula precisa para demostrármelo. Con frecuencia el lenguaje se resiste a recrear la verdad. Nos faltan palabras. «Querer»: ¿podía ser lo mismo que «estar enamorado»? ¿Podía la palabra «querer» expresar ese mundo de sensaciones gozosas que tanto puede llegar a dolernos? Y ¿podía acaso, esa forma de «querer», convertir el dolor de la ausencia, en el gozo de «sentirse presente» para el ser querido?

No, Dula no me hablaba de ese tipo de amor. Dula, acaso sin darse cuenta, me estaba hablando del amor-amistad, del amor-cariño, del amor que puede despertar en nosotros un niño, o un enfermo o un cuerpo cualquiera caído en desgracia.

—No lo dudo, Dula. Estoy convencido de que quieres a mi hijo. —Le hablé entonces de las dudas de Gregorio—: Siempre ha dado muestras de inseguridad. Nunca estaba convencido de que su criterio podía acertar. Por eso ahora se siente tan desorientado. Desde muy pequeño andaba siempre recelando, temiendo, consultando, indagando. Tenía horror a equivocarse. Y lo que es peor, a veces se equivocaba.

—También ahora se equivoca. Se le ha metido en la cabeza que entre Rodolfo y yo hay algo más que una simple amistad. —Y antes de que yo interviniera—: Lo cierto es que para mí Rodolfo ha sido una gran ayuda.

—No te preocupes, Dula; sé muy bien que mi hijo se equivoca. He hablado con Rodolfo.

De pronto el silencio y la sequedad en la boca y la opresión del pecho.

Y ese enorme saco de frases que quisimos decir pero que no dijimos. Mil veces he pensado que son precisamente las frases que jamás suenan y las aclaraciones que nunca aclararon nada, lo que más recordamos a lo largo de nuestra vida. Incluso ahora, después de seis años, podría repetir al pie de la letra todo lo que quisimos decir pero que no dijimos.

Cuando entramos en la casa, Rodolfo Liaño me esperaba en el estudio: «Llegó la hora de marcharme, Patricio. Es mejor para todos. Mañana temprano saldré de Mas Delfín. Regresaré cuando Dula y Gregorio se hayan ido.»

Aquella noche Liaño no cenó con nosotros. Gregorio, con la mirada despectiva, salió a mi encuentro para confesarme que Rodolfo y él se habían peleado:

—Lo siento papá, pero si Liaño se queda, Dula y yo nos iremos.

Intenté tranquilizarlo.

—No te preocupes —le dije— está todo previsto. Mañana mismo Rodolfo saldrá de Mas Delfín.

Me fijé en Dula. Tenía la cabeza gacha y la actitud laxa.

No pronunció palabra. Ni siquiera cuando Gregorio, con cierta brusquedad, la agarró del brazo y la llevó escalera arriba.

* * *

No hubo despedida oficial. Rodolfo Liaño se fue al día siguiente, tal como me había adelantado la noche anterior, después de dialogar un buen rato con él allá en mi estudio.

Fue un departir sereno, sin cegueras preconcebidas ni falsas exploraciones erráticas. Reinó la franqueza. Surgió la verdad y quedaron esterilizados infinidad de elementos que sólo habían servido para mantener equilibrios precarios, ya desequilibrados.

—¿Y ahora qué harás? –preguntó Liaño de pronto.

Hacer no era precisamente la palabra adecuada. Lo esencial consistía en *¿cómo soportar?* ¿Cómo contemplar a una Dula que ya no era la misma, tener conciencia de la causa principal de aquel cambio y sentirme impotente para ofrecerle mi ayuda?

—Resulta doloroso comprobar cómo de la noche a la mañana la felicidad puede venirse abajo por un torpe equívoco, o por una extraña obsesión, o por cualquier pequeñez que acaba por parecernos inmensamente importante —le dije a Rodolfo—. A veces pierdo la medida de las cosas. Ya ni siquiera se dónde está la grandeza o la pequeñez de la vida. Pero estoy seguro de una cosa: jamás, por mucho que me duela, traicionaré a mi hijo.

—Habría mucho que hablar sobre la grandeza —contestó Rodolfo—. Todo es relativo. —Y señalando el mar lo comparó con la pequeñez de la playa—. Fíjate en ese paisaje, Patricio, y dime qué clase de grandeza te gustaría elegir: ¿la de ese pedazo de mar que parece una laguna, o esa gran laguna que llamamos mar? Te digo todo eso porque cuando Cronos te devore y lo único que quede de ti sean los recuerdos, esa elección será fundamental para que el resto de tu vida no se convierta en un infierno.

Y como yo me quedara pensativo:

—Recuérdalo: los presentes son siempre breves. Trata de borrar todo lo que estás experimentando este verano.

—Eso es lo malo, Rodolfo. Cuesta mucho borrar lo que no existe ni puede existir.

Hasta entonces yo jamás había imaginado que la vida pudiera condicionarse a un simple gesto, o a una voz, o una mirada.

—Tú sabes perfectamente por que Dula se aferraba a mí —dijo de pronto Rodolfo—. Era su forma de huir de ese paraíso artificial que se estaba creando entre tú y ella. —Y suspirando hondo prosiguió—: Ahora va a quedarse sola. Por favor, ayúdala.

En efecto: era preciso ayudarla. Y mentir. Mentir sin palabras: construyendo excusas para evitar encuentros, impaciencias y apremios. Pero sobre todo había que ahuyentar el fantasma de la verdad.

—A veces me pregunto cómo ha podido ocurrir. Nunca imaginé que podía sentir por una mujer lo que siento por ella.

—No busques la causa. Es inútil hurgar en las reacciones humanas. Ha ocurrido. Eso es todo. ¿Recuerdas la leyenda del Basilisco? En la antigüedad se decía de él que era un reptil venenoso que no precisaba morder porque mataba con la mirada. Acéptalo, Patricio: también los seres humanos pueden matar con la mirada, o con un gesto, o con una sonrisa.

Le pregunté a Rodolfo cuándo había sabido que Dula sentía lo mismo que yo.

—No podría decírtelo. Imagino que la atracción debió de ser mutua.

En efecto, esas cosas ocurrían de improviso, solapadamente, incluso disfrazadas de indiferencias.

Salimos al balcón. Desde allí el invernadero era un gran mausoleo de cristal recogiendo los sueños imposibles de un mundo que sólo las plantas conocían.

—A veces me asombra entrar en ese pabellón y no encontrar calaveras vegetales —le dije a Liaño bromeando—. De hecho, estar enamorado debe de ser algo parecido a sentirse enraizado a una tierra fecunda en flores y vegetaciones maravillosas: todo se vuelve perfume y belleza, pero si se descuida la raíz, muere pronto y las flores no tardan mucho en atufar con el peor de los hedores.

Por eso, cuando el amor no puede cultivarse ni es posible considerarlo verdaderamente nuestro, lo mejor era *descuidarlo* de antemano: no permitir que nuestros cuidados le obliguen a creer que va a ser un amor eterno. En suma, convertir en fábulas las sensaciones peligrosas.

No había otra solución: era preciso huir de Dula y esperar que también Dula huyera de mí.

—Tendrás que redoblar tus esfuerzos, Patricio —me dijo Liaño—. Dentro de unas horas saldré de esta casa y ya no regresaré hasta que se hayan marchado.

Aquella noche ni Liaño ni yo pudimos dormir. Fue una noche llena de luz porque la transición de julio a agosto siempre trae amaneceres prematuros y el sol que aquel día pugnaba por brotar, empezó pronto a caldear el mar y la tierra.

✳ ✳ ✳

Resulta curioso que seis años después de que Liaño saliera de Mas Delfín por haberse peleado con Gregorio, los dos hayan vuelto a tratarse como si aquel incidente nunca hubiera ocurrido.

Incluso cuando se proyectó la llegada de Miguel a España, Gregorio no tuvo inconveniente en telefonearle para ponerle al corriente sobre el viaje del niño.

Y ahí esta el pequeño, convertido en un elemento más de ese Mas Delfín que, salvo por la lógica crecida de los matorrales, los árboles y los setos, sigue exactamente igual que aquel verano.

En cambio el que ha cambiado mucho en poco tiempo es el niño.

Ahí, en ese pedazo de la Costa Brava, ha aprendido tantas cosas y se ha identificado tanto con ellas que ya no echa de menos a su país de origen ni considera que lo más importante del mundo son las granjas de las serpientes.

Aquí ha conocido el valor de los fondos marinos y el desfile de los delfines cuando el abuelo se hace a la mar en la barca, y también ha descubierto la brutalidad de las tormentas y la fidelidad de un Bruto que lo sigue a todas partes.

—¿Podré llevármelo a Brasil?

—El perro es tuyo, Miguel. Puedes hacer lo que quieras con él.

Lo peor, cuando se vaya, será renunciar a los cuentos que el abuelo inventa para él todas las noches.

—Y ¿quién me contará esas historias de malos y buenos que tú me explicas cuando voy a dormir?

Patricio no le contesta. Se limita a contemplarlo. Ahí lo tiene: las piernas firmes, los brazos cruzados, y la expresión bastante parecida a la que adopta cuando Leticia lo llama Mr. Proper.

—No quiero separarme de ti —insiste el pequeño.

—A lo mejor algún día me escapo y voy a verte a Brasil.

Pero a Miguel esa posibilidad le parece demasiado remota:

—Quiero que cuando yo me vaya, tú me acompañes. —Lo dice tajante, con aires de apremio, entre imponiendo y suplicando.

—Haré todo lo que pueda por ir contigo.

Pero Patricio duda mucho que llegue a cumplir su promesa. Existen demasiadas nieblas que aclarar y demasiados silencios por rellenar de explicaciones, para que ese hipotético viaje a Brasil pueda ser realizado.

—De todos modos, si yo no pudiera ir a Brasil, cuando tú seas mayor podrás volver a España y vivir conmigo en Mas Delfín.

—Y ¿cuándo voy a ser mayor?

—Antes de lo que imaginas —contesta Patricio—. El tiempo para nosotros no tiene más límite que la muerte. Sale disparado de la escopeta de la vida y, en un decir «amén», nos convierte de niños en viejos.

Pero Miguel no lo entiende. Miguel sabe que lo que su abuelo le dice es, en todo momento, real y a la vez mágico. Sin embargo, no siempre le resulta fácil comprenderlo.

En este momento están los dos en la terraza. El cielo encapotado les ha impedido bajar a la playa porque el camino que durante dos meses y medio han ido pisando día tras día, lejos de ser un sendero polvoriento se esta convirtiendo en un lodazal.

De pronto Patricio recuerda los últimos pasos de Dula subiendo por ese sendero para dirigirse a la casa tras el chaparrón que había anegado la playa.

Sus huellas se habían quedado grabadas durante varios días. Parecían bajorrelieves dispuestos a perdurar. Sin embargo duraron sólo un escaso puñado de días. Enseguida volvió a llover, porque septiembre es mes de aguas profusas y las huellas se disolvieron sin dejar más señales que las del recuerdo.

—Cuando sepa escribir te mandaré cartas —le dice el niño.

—Y yo te mandaré libros.

Los de ahora y los de antes: libros escritos por él que hablan de su verdadera madre y de los sueños amortiguados por el miedo y el dolor, y de las ausencias que jamás volvieron a ser presencias.

—De ahora en adelante, cuando escriba un libro, siempre te tendré presente, ¿sabes, pequeñajo? Será muy difícil para mí idear una historia sin que tú, de algún modo, no estés en ella.

Y mientras habla a Miguel se le van achicando los ojos como si algo le escociera.

—¿Cuándo vendrán a buscarme?

—Dentro de una semana.

Así es el tiempo: implacable. No tiene topes, ni detentaciones, ni se rige por los deseos o las aspiraciones. El tiempo únicamente sabe amenazar y fingir que alienta la esperanza. Sin embargo, mientras la alienta, la va devorando.

—Tu padre me ha llamado esta mañana —le explica el abuelo a Miguel—. Al parecer Estrella y él ya se han instalado en São Paulo. Vendrán a buscarte el lunes próximo.

—¿Cuántos días faltan para que sea lunes?

—Una semana.

Una semana triste. Una semana como desarticulada por la amenaza del viaje. Es algo que el pequeño no sabe explicar pero que ya lo está llenando de tristeza:

—Le diré a papá que no quiero irme.

—No lo hagas. Le darías un disgusto. Tu padre te quiere mucho.

—¿Tanto como me quieres tú?

—Todavía más.

—¿Cómo lo sabes?

—Porque es tu papá. Y los papás adoran a sus hijos.

—Pero mi papá no juega conmigo como juegas tú. Ni me cuenta historias, ni me lleva a fiestas mayores, ni nada de nada.

—Pero trabaja para ti. Y eso es muy importante.

—¿Tú no trabajas?

—Es un trabajo distinto. No tengo horas fijas. De hecho, para mí este verano ha sido un verano de vagos. Pero en cuanto te vayas recuperaré de nuevo el libro que estoy escribiendo.

Lentamente el niño se acerca al abuelo, se apoya en su pecho y esconde la cara con sus manos.

—Quiero que estés conmigo hasta que mi papá venga a buscarme.

Lo ha dicho muy bajito como si le diera vergüenza sincerarse con él. Pero Patricio lo ha oído. Súbitamente lo envuelve entre sus brazos y lo aprieta contra su cuerpo para que el pequeño se sienta protegido.

—No temas, no me apartare de ti ni un solo instante.

Y lo mece como si fuera un niño pequeño. Sin hablar. Sin dejar que el pequeño hable. Sabe que cualquier palabra o cualquier sonido puede abrir en el niño el grifo del llanto.

Luego, en cuanto Miguel se tranquiliza, le explica lo que va a ocurrir el mismo día que su padre llegue a Mas Delfín para llevárselo a Brasil.

—Vendrán los de la televisión inglesa para hacerme una entrevista. Quiero que tú también colabores y salgas conmigo en el vídeo que van a grabar. Te mandaré una copia a Brasil para que puedas verte.

—Tengo frío, abuelo.

Y el abuelo envuelve el cuerpo del pequeño con su chaqueta.

—Será mejor que entremos en casa —sugiere—. Dentro de poco habrá anochecido.

En realidad la terraza esta ya en sombras. Cuando los veranos van finalizando, acarrean una luz llena de manchas oscuras.

—No vayas a dormirte antes de cenar —le dice.

—No tengo apetito.

De nada vale que Leticia proteste y lo llame malcriado. Miguel, con la mirada extraviada, lloriquea y se queja.

—Mañas, sólo mañas —insiste Leticia.

Pero el niño, ovillado sobre la mesa de la cocina, esconde la cara para no discutir. Afortunadamente el abuelo está ahí. Lo besa. Tiene la frente ardiendo.

—No son mañas, Leticia. Miguel está enfermo.

✳   ✳   ✳

Caído en fiebres, Miguel no es el mismo niño animoso y bullanguero que idea mil trapisondas para traer de cabeza a los mayores.

Ahora es un niño apagado, silencioso y quejumbroso, que sólo habla para pedir agua y suplicar al abuelo que no le deje marcharse a Brasil.

Han sido cuatro días de continuos cuidados, de toses rebeldes, de olores a eucaliptos y de pisadas inquietas.

—Hay que ir al pueblo a buscar medicinas. Pero Miguel no mejoraba. Ni siquiera sonreía cuando el abuelo, para aliviar su malestar. le prodigaba caricias.

—¿Te duele algo, pequeñajo?

Le dolía todo. La cabeza, el cuerpo, la sonrisa. Le dolía hasta la luz que atravesaba las rendijas del ventanal entreabierto.

—No temas, Miguel, no voy a separarme de ti ni un instante.

La cuestión era procurar que la fiebre bajara: calmar el ardor de la piel y enfriar la frente con hielo envuelto en paños.

Sin embargo Miguel no reaccionaba.

—No sufras, pequeñajo: el abuelo va a curarte.

A veces el niño desde su semiinconsciencia escuchaba susurros: voces apagadas que podían ser la de Liaño o la de Leticia tratando de convencer al doctor Gallardo de que las enfermedades infantiles son escandalosas y que lo que en las personas mayores podrían constituir síntomas alarmantes, en los pequeños son brotes inofensivos.

—El que va a caer enfermo es usted, doctor. Tenga la bondad de tomarse un respiro.

Pero el doctor Gallardo no la escucha. El doctor Gallardo ha vuelto a su conciencia de médico sacrificado y no concibe más respiro que el de conseguir que el pequeño respire normalmente.

Así han transcurrido tres días. Tres jornadas enteras de luces pálidas, olores a enfermo y sonidos amordazados por cautelas nuevas.

Tres días viendo a Bruto amodorrado junto a la cama del niño, echado con el hocico seco y la mirada triste.

En realidad todo en Mas Delfín, desde que Miguel está enfermo, se ha trastornado.

Por eso cuando esta mañana, el doctor Gallardo todavía adormilado junto a la cama del niño, ha notado en su cara la frescura de unos labios pequeños, creía que estaba soñando.

—Abuelo.

El niño está de pie junto a él, la tez sonrosada, la sonrisa abierta, las facciones deshinchadas y la mirada tranquila.

—Abuelo, despierta.

Y Patricio comprende que la pesadilla ha terminado, que Miguel vuelve a ser el que era porque hablar ya no le cuesta esfuerzo ni la frente le estalla de fiebre.

—Tengo hambre, abuelo.

—Eso era lo que estaba deseando oír. Tener hambre es una forma de resucitar.

—Pues resucítame, por favor.

—Enseguida. Puedes comer lo que quieras. Le diré a Leticia que te prepare el desayuno.

Fin del delirio, de la crisis, de las dudas. Fin de los argumentos angustiosos y de las posibilidades destructivas. Miguel se ha curado. Miguel vuelve a ser el niño de horas exactas y minuteros garantizados por la infalibilidad del tiempo.

Se terminaron los abejeos de las frases que podían herir, las luces opacas para no dañar la vista y los ventanales cerrados para que el frío no dañara aún más sus pulmones.

—Un buen baño caliente y de nuevo serás el Miguel de siempre.

Y en efecto, ahí esta Miguel lanzando el hueso de goma a bruto para que el perro corra a buscarlo, o vistiéndose de Mosquetero para pinchar con su espada las voluminosas nalgas de Leticia, o discutiendo con Canuto por su manía de insistir en el peligro que suponía hacerse a la mar en el mes de septiembre.

De nuevo los relatos del abuelo enriqueciendo las horas sosegadas de la convalecencia, las charlas interminables sobre la valentía de los Power Rangers y los goles de Ronaldo.

Lo que todavía no puede hacer Miguel es bajar a la playa ni subir a la barca, ni pescar, porque el pesado de Canuto insiste en que septiembre es un mes tornadizo y de pronto el mar se enfuruña. «¿Sabes, Miguel? Tal como tú cuando Leticia te llama Mr. Proper.» Y las olas se encabritan como si fueran caballos salvajes.

Pero en el fondo todo eso queda compensado por la compañía del abuelo: «Te prometo que no vamos a aburrirnos.»

Todo consiste en metamorfosear ciertas realidades para que el niño colme sus fantasías y olvide que sólo faltan tres días para que su padre venga a buscarlo con la idea de llevárselo a Brasil.

A veces, cuando Patricio se siente descorazonado, se desahoga con Rodolfo:

—Será muy duro dejar de ver al pequeño correteando por Mas Delfín.

Liaño no le contesta. De sobra conoce hasta qué punto su amigo a va a sentirse solo.

—Si al menos no lo hubiera conocido.

Sin embargo no sólo lo ha conocido: también lo ha enhebrado a su propia vida:

—Nunca imaginé que un nieto pudiera convertirse en un ser tan entrañable y tan necesario.

—Te quedará su recuerdo.

—Pero los recuerdos no evolucionan. Y yo quisiera ver la evolución de Miguel.

Por eso resulta tan precario confiar en el más adelante. Nunca los futuros se corresponden al pasado. En el fondo, el adiós a Miguel será como si el niño sufriera una muerte pequeña.

—Tienes razón, Patricio. Nada vuelve a ser lo que fue.

Y Patricio piensa que vivir es eso: perder esperanzas para ganar recuerdos. Engrosar sentimientos para debilitar sensaciones. Y sobre todo matar ilusiones para enriquecer la experiencia:

—Me queda la seguridad de que ese Miguel de ahora, aunque los años transcurran y el tiempo lo cambie, seguirá siendo el mismo cada vez que piense en él.

Pero en el fondo Patricio Gallardo no está muy seguro de que esa conclusión metafísica constituya un consuelo.

5

En efecto, la vida se debatía siempre entre dos fuerzas opuestas: «hacer» y «deshacer». Es decir, acumular titubeos, desafiar peligros y convencernos de que nuestra integridad nos permitirá salir ilesos.

Nadie cree de verdad que nuestras flaquezas nos van a inducir a caer en las trampas que podamos encontrar en el camino. Todo el mundo piensa que, por encima de las atracciones humanas, campea nuestro sentido del deber.

Por eso los días que transcurrieron tras la marcha de Liaño fueron una especie de tregua, pero era absurdo convencernos de que, sin él, las aguas agitadas por una entelequia iban a calmarse.

En el fondo aquella ausencia fue un alto en el camino, una suerte de descanso para Gregorio, sin embargo el problema continuaba vigente.

De hecho Rodolfo había sido una especie de veto que tapaba los ojos de mi hijo, pero sin él, ¿cómo evitar que Gregorio continuara recelando?

Faltaban aún dos meses para que Dula y su marido regresaran a Tailandia. Dos largos meses de roces continuos, de simulaciones cada vez más difíciles. Sin embargo, pasara lo que pasara, lo esencial era trampear esos largos sesenta días como si el ovillo de apremios internos no existiera y los momentos que surgían día tras día sin haber sido planeados, ni buscados ni imaginados, fueran jornadas inocuas para los tres.

Luego sí. Luego, cuando el matrimonio regresara a Tailandia, cabía la esperanza de que todo volviera a su cauce y la pesadilla de saberse en falso se desvaneciera.

Las lejanías son buenas cómplices del olvido. Por eso estaba yo convencido de que una vez alejado de Dula, aquella atracción extraña que venía atosigándonos desde el principio del verano acabaría por desvanecerse.

En realidad la ausencia viene a ser una muerte pequeña. Una de esas muertes que apenas dejan huella y acaban por estancarse en la mente al modo de una tumba. Había tantas muertes a lo largo de la vida. Envejecer, cambiar los hábitos, dejar de soñar, renunciar, perder contactos que consideramos esenciales; el secreto consistía en no dejarse vencer, en mantener la lucha. Y callar. Eso era quizá lo esencial. No caer en la tentación de «explicar a nadie» esas muertes miniatura que se cruzaban en el camino.

Hablar sobre ellas era agrandarlas, darles cuerpo y convertirlas en algo demasiado vigente para ser olvidado.

Recuerdo ahora la sensación de alivio que yo experimentaba cuando, tras la partida de Liaño, al despertarme recordaba que los días pasaban sin que nada se hubiera trastocado: Un día mas, pensaba. Era casi como haber ganado una batalla.

Hacía poco Dula, en un momento de expansión, mientras cenábamos le había dicho a Gregorio una frase que nadie le rebatió. Se refería a no sé qué noticia relacionada con una muerte: «Morir es la forma más fácil de convertir el recuerdo en material de derribo. —Y añadió—: En cuanto el recuerdo pierde su capacidad de alimentarse, emerge en seguida el desmoronamiento.» Era como si hubiera adivinado que, cuando ella regresara a Tailandia, nunca más volveríamos a vernos.

Todavía puedo evocar los instantes que viví un año más tarde cuando aquella premonición involuntaria llegó a cumplirse.

Junio apuntaba ya en el calendario y Gregorio, todavía aferrado a su costumbre de hablar conmigo por teléfono, me llamó cierta madrugada para comunicarme que el hijo que esperaba estaba a punto de nacer. «Siento que no estés aquí con nosotros, papá. »

Un año. Había transcurrido un año desde su llegada a Mas Delfín. Un año de silencios contenidos, de equívocos disimulados. Un año de ir acumulando momentos para rellenar ese vacío que la ausencia iba a dejarnos. Un año ya sin barreras porque la ausencia es capaz de suplir todas las barreras del mundo. Un año de tiempo detenido por esos «instantes» que a modo de fotografías etéreas el recuerdo había esculpido en el aire.

Nada podía olvidarse a pesar de todo.

Tuve que buscar muchas excusas para que mi hijo no se extrañara de que mi viaje a Tailandia para asistir al nacimiento del nieto no pudiera realizarse.

Gregorio no lo entendía: «¿Cómo es posible que no puedas solucionar tus asuntos y pasar unos días con nosotros?»

Era preciso agudizar la mente para resultar natural: «Tengo compromisos ineludibles. Pero no te preocupes, hijo: en cuanto pueda haré un hueco en mi agenda y volaré a Bangkok para conocer a mi nieto.»

Lo esencial era parecer convincente, dilatar fechas con argumentos fiables.

Aquella vez ni siquiera hablé con Dula. Era mejor posponer el posible diálogo con ella para cuando el nieto hubiera nacido y yo, convertido en un anciano oficial, pudiese dirigirme a ella tal como lo hubiera hecho cualquier suegro que agradece a la nuera haberlo convertido en abuelo.

Además lo importante era tener derecho a continuar hablando con aquel hijo sin que entre ambos pudiera surgir la menor sombra de un reproche: «Ten confianza, Gregorio: Todo saldrá bien.»

Nadie lo dudaba. Dula, a pesar de su apariencia frágil, era una mujer sana. Una de esas criaturas de contextura firme que no le impedía escalar alturas como la del monte Daní, ni cruzar a nado playas como las que cercaban la de Mas Delfín.

Además, Dula (salvo cuando aquel verano dio muestras de decaimiento) siempre había dado pruebas de una gran vitalidad. Tenía ese tipo de energía que contagiaba a los que la rodeaban.

Todavía no he olvidado su comentario cuando los periódicos anunciaron la enfermedad de algunos cítricos de Levante: «No quisiera convertirme en uno de esos limones afectados por el virus de la tristeza.» Y Gregorio bromeando le dijo que aquello era imposible. «En todo caso quizá te convirtieras en una enredadera de campanillas.»

Y cuando la vio decaída, sin que ella llegara a explicarle la causa de aquel decaimiento: «Duele mucho ver como negrean tus hojas, Dula, y como tus ramas se consumen lentamente. No permitas que la tristeza te domine como domina a esos cítricos.»

Lo decía medio en broma, pero, en el fondo, sabía que Dula se estaba consumiendo.

—Te llamaré en cuanto el bebé haya nacido, papá.

—Por favor, no dejes de hacerlo. Estaré pendiente del teléfono.

Fue un día largo. Un día desencajado de todo. Intenté escribir pero no pude. De nada valía justificar razones inexistentes para evitar mi viaje a Tailandia. Todo yo era una mota de soledad y tristeza.

Al principio, cuando aún ignoraba que Dula y Gregorio estaban esperando un hijo, todavía coleaba en mí cierta renuncia esperanzada. Me resulta difícil explicar lo qué era. Me basaba en que un matrimonio sin hijos venía a ser como un árbol seco: algo que la naturaleza puede ofrecerle al rayo para que de algún modo lo culmine.

Pero un matrimonio con hijos era bastante más que un árbol seco. Por eso, en cuanto supe que Gregorio iba a ser padre, me prometí a mí mismo que jamás volvería a ver a Dula.

El árbol no era ya un tronco muerto sino un vigoroso leño con tallos, ramas y hojas. Y yo no era más que un intruso que podía destruir la vida de tres seres queridos.

Me propuse olvidar. A veces olvidar no es tan difícil como a simple dolor puede parecer. Tenía a Paula. Tenía ese interminable desfile de acontecimientos públicos que acariciaban mi vanidad literaria.

Y, sobre todo, tenía a Rodolfo Liaño: el amigo que ya nunca me hablaba de Dula, porque sabía, también, que el modo más eficaz para destruir aquello que nos atosiga consiste en adormecerlo con el silencio.

Aquella tarde, cuando Gregorio colgó el auricular, llegó Paula. Parece que la estoy viendo: el vaso de whisky en la mano, sus largas piernas cubriendo el sofá y su melena recién lavada, cayéndole por los hombros.

—Me ha dicho Rodolfo que pronto vas a ser abuelo.

—Eso parece.

Fue una tarde vacua pero empapada de sensaciones, nostalgias y remordimientos.

A pesar de no ser una mujer inteligente, Paula sabía manejar con inteligencia las redes de las sensaciones. Además, como ya he dicho, es intuitiva, y aunque con frecuencia le sale la vena de la inoportunidad, también sabe utilizarla a fuerza de aplicarla a los sentidos.

Por eso aunque para mí aquella tarde fuera vacua, para ella, en cambio, fue una tarde radiante.

No resultó difícil: la cuestión era dejarse llevar por los efluvios del alcohol, sin mediar palabras y fluctuando entre vaguedades que de vez en cuando podían también ser hogueras de entusiasmos artificiales. Reacciones sin destino concreto, acaso algo desoladas o quizá excesivamente burocráticas, pero que servían para que luego Paula, satisfecha de sí misma, pudiera decir frases manidas y algo horteras como, por ejemplo: «Ha sido maravilloso, ¿verdad, cariño?»

Aquella vez estuve a punto de ser grosero: no podía soportar que su cursilería le hiciera repetir la palabra «cariño» ni que hiciera preguntas tan imbéciles relacionadas con la práctica de un acto propio de cualquier animal.

—Me has dicho que me querías.¿No lo recuerdas? Es la primera vez que lo has dicho.

Me volví hacia ella y la mire fijamente:

—Te aconsejo, Paula, que jamás te fíes de lo que un hombre pueda decirte cuando está en celo.

Paula se encogió de hombros:

—Digas lo que digas o calles lo que calles, yo sé que me necesitas, Patricio. Y eso me basta para seguir adelante.

En eso Paula acertaba. En efecto, yo la necesitaba. La necesitaba como podía necesitar que mis libros no sólo fueran éxitos literarios, sino cofres fuertes de mis recuerdos amordazados o de mis dolores escondidos: aquellos que jamás hubiera podido confesar públicamente. Eso era en realidad lo que se escondía en mis creaciones intelectuales.

—Será preciso celebrar ese nacimiento, esta misma noche —dijo Paula.

—Naturalmente. En cuanto Gregorio me llame por teléfono.

* * *

Cuando los acontecimientos que espero alcanzan cierta envergadura, generalmente acumulo reservas para que, cuando lleguen, no pulsen demasiado las cuerdas de mi emotividad. No importa que eso que va a ocurrir todavía no haya ocurrido. Lo esencial es estar preparado para cuando ocurra.

Eso era lo que yo creía cuando sonó el teléfono. Sin embargo, nunca había imaginado que lo que ya se ha vivido en la mente con tanta claridad se pudiera ver de pronto derrumbado.

Es lo mismo que si un espejo que reflejara una escena viva se desplomara, se hiciera añicos y con él la escena que reflejaba se viera desarticulada en cada fragmento de cristal.

No sé por qué, pero estoy seguro de que la alarma empezó cuando escuché el primer timbrazo. Al descolgar el auricular sonó la voz de una mujer de mediana edad:

—¿El doctor Gallardo?

—¿Quién llama?

—Le hablo desde Bangkok.

Se expresaba en perfecto castellano, pero en cuanto empezó a explicarse tuve la impresión de que utilizaba otro idioma.

—Por favor, ¿quién es usted? ¿Qué es lo que me está diciendo? No la entiendo.

Y es que en el fondo no quería entenderla. Algo dentro de mí se negaba a comprender.

—Lo siento, doctor Gallardo, soy una amiga de la familia. Su hijo me ha encargado que le diera la noticia. Él no puede hablar con usted. Está destrozado.

Nada tenía sentido. Ni la voz de aquella mujer, ni la torpe mirada de Paula, ni el cabeceo de los árboles del bosque que contemplaba a través del balcón.

Todo era una gran mentira. Incluso yo mismo era en aquellos momentos una gran mentira. Un ser irracional que se negaba a ser persona:

—Nadie podía sospechar lo que ha ocurrido, doctor. Ha sido un horrible imprevisto.

Pero yo continuaba allí, sosteniendo el auricular, tratando de comprender, negándome a aceptar que lo que me estaban diciendo fuera verdad.

—Dicen que ha sido la anestesia.

Cualquier cosa podía torcer los destinos y malograr proyectos y vencer lo que parecía invencible.

—Afortunadamente el niño está bien.

El niño. Ya ni siquiera me acordaba de que la causa de aquella llamada, y de aquella dolorosa explosión de angustia, fuera debida al nacimiento del niño.

—¿Me oye usted, doctor? El recién nacido está bien.

No, en aquellos momentos Miguel no contaba. Contaba el dolor de Gregorio y aquel otro dolor que jamás tuvo derecho a aflorar.

—Por favor, quisiera hablar con mi hijo.

Era algo apremiante. Precisaba hablar con él, sufrir con él, desesperarme con él.

—Será mejor que aguarde a que se sosiegue, doctor. Su hijo esta pasando una crisis horrible.

Todo era inverosímil. Nada lograba encajar: ni siquiera la voz que me hablaba parecía real.

No puedo recordar cuánto tiempo estuve con el auricular en la mano. Lo que de verdad destaca es la expresión de Paula mirándome fijamente con los ojos muy abiertos y la boca crispada.

Así era la muerte. Un cerrojo bloqueado por una llave extraviada. Un lugar infranqueable que yo nunca podría traspasar.

Y un decir adiós a los recuerdos y a los miedos del futuro y a los remotos y destruidos sueños de un incierto porvenir.

—Debo dejarlo, doctor. En cuanto su hijo se haya sosegado, se pondrá en contacto con usted.

Anochecía y la penumbra estaba entrando a raudales en mi estudio.

Paula se acercó enseguida para abrazarme:

—Dios mío, qué desgracia tan grande.

Le rogué que me dejara tranquilo:

—Quiero estar solo, Paula.

Se resistía a obedecerme. No comprendía mi actitud.

—Prefiero que te vayas.

Y se fue. Se fue arrastrando consigo mi propia pena.

—Como quieras, Patricio.

Salí al balcón, contemplé el mar, el invernadero, la terraza donde solíamos reunirnos todas las noches. Incluso escuché la voz de Dula cabrilleando por la superficie del agua y aspiré de nuevo su perfume a violetas.

Y volví a hablar con ella como si estuviera a mi lado, tal como había hecho mil veces sin que ella pudiera oírme. «Quizá ahora sí puedas escucharme Dula. Tal vez ahora sepas ya lo que durante todo el verano procuré callar. Quizá incluso puedas recuperar esos largos discursos que imaginé para ti cuando estaba solo. Es muy posible que desde la otra vida sea más fácil comunicarnos que cuando vivías. A lo mejor la plenitud es eso, Dula: oír lo que nunca pudimos escuchar, entender lo que los oídos nunca oyeron y comprender lo que nos parecía incomprensible.»

Ignoro cuánto tiempo estuve en el balcón de mi estudio. La noche cayó pronto sobre la torridez de aquel día. Pero yo seguía hablando con ella como si estuviera a mi lado. Morir no era solamente desaparecer de la faz de la tierra. Morir podía ser también una forma de dar vida a los que, viviendo, se sienten muertos.

Y también descansar. Según Dula, morir era nacer para encontrar descanso. Por eso, en aquellos momentos yo la envidiaba: por fin ella ya no sentía la fatiga que sentía yo al analizar nuestras cegueras y nuestros sentimientos y nuestros innumerables desfalcos humanos.

* * *

Fue a partir de aquella muerte cuando Gregorio y yo nos compenetramos más que nunca. La distancia no contaba. Contaba nuestro continuo afán de comunicarnos y de compartir juntos el vacío que Dula había dejado.

Al principio nuestras comunicaciones solían entrecortarse por la emoción que mi hijo no podía evitar cada vez que hablaba de ella.

A veces incluso me permitía darle ánimos, como si el desgarro que él estaba experimentando no fuera también el mío: «Eres muy joven, Gregorio. Tienes la vida por delante.»

Pero al principio él ni siquiera podía suponer que su vida podría desarrollarse sin tener a Dula al lado: «Me va a ocurrir lo que te sucedió a ti, papá. Jamás encontraré otra mujer como ella.»

En aquel entonces Gregorio estaba convencido de que nadie podría sustituir a Dula.

Así transcurrieron cuatro meses. Cuatro meses agotando argumentos y estableciendo causas para que nuestra comunicación nunca se agotara ni se convirtiera en una rutina.

La cuestión era acumular motivos para que nuestros contactos tuvieran siempre una razón latente capacitada para mantener el interés.

Con frecuencia Gregorio me hablaba de Miguel: «Deberías verlo, papá. Es la viva estampa de su madre.»

Afortunadamente sus suegros se habían hecho cargo del pequeño y él, según me decía, podía continuar su trabajo sin que Miguel fuera un obstáculo. «Aún así, resulta muy duro trabajar en el Instituto Pasteur sin su presencia. Además era una gran científica, papá. Sin su colaboración me encuentro perdido.»

Sin embargo, Gregorio llevaba ya un mes sin mencionar a Dula. Era difícil averiguar aquel inusual silencio. A pesar de todo, Gregorio continuaba mostrándose afectuoso e incluso parecía tener ramalazos de satisfacción y de alegría: «He ido a ver al pequeño, papá. Está precioso.»

Me habló luego de las bailarinas de Bangkok, de las fiestas de las embajadas, de la gente nueva que había conocido.

Hasta que un día me confió la verdad: «He decidido casarme otra vez.» Lo dijo de golpe, con la decisión valiente de los indecisos: entre orgulloso y asustado.

Me dijo entonces que su novia se llamaba Estrella, que era española y vivía en Bangkok porque su padre era diplomático. «Estoy convencido de que será una buena madre para Miguel.»

Fue lo mismo que recibir una bofetada. No podía aceptar que Dula hubiera sido eliminada de su vida tan rápidamente. No obstante fingí alegrarme. Le di la enhorabuena y procuré ocultarle mi disgusto. «Si Estrella puede hacerte feliz, adelante, Gregorio: cásate con ella.»

Ni por un instante me enfrenté con él ni le demostré lo mucho que me había defraudado aquel repentino abandono.

Cuando lo comenté con Rodolfo Liaño, no pareció inmutarse:

—Es joven, se encuentra solo y necesita alguien para que se ocupe del niño.

Pero no me convencía.

—Dula era irremplazable, Rodolfo —dije—. No comprendo cómo ha podido olvidarla tan pronto. Ella no merecía ese trato.

Aquella vez tampoco me desplacé a Bangkok para asistir a la

boda. Pero tuve ocasión de hablar con Estrella por teléfono antes de la ceremonia. Al parecer iba a ser un acontecimiento sencillo, sin grandes signos de opulencia: «Estrella tiene poca familia, así que hemos decidido casarnos en la mayor intimidad sobre todo para no disgustar a los padres de Dula.»

Cuando escuché la voz de Estrella me predispuse inmediatamente a situarla entre las personas gratas: tenía una voz clara, algo saltarina pero con matices de mujer serena: «Desgraciadamente yo no soy médico como lo era Dula, pero haré todo lo posible por ayudar a tu hijo.»

En realidad Estrella me pareció enseguida una mujer comprensiva e inteligente.

Y en efecto lo fue.

Durante dos años, cuando Gregorio y yo hablábamos por teléfono, ella siempre se esforzaba por intervenir: «He leído tu último libro, Patricio. Eres un gran escritor.» Y se lanzaba a detallar pasajes de mis obras con la minuciosidad de un experto.

Casi siempre me hablaba de mi nieto: «Es igual que su padre: le fascinan los ofidios, las lagartijas y todo lo que se arrastra por los suelos», bromeaba.

En cuanto a Gregorio, se le notaba nuevamente feliz, como si el episodio de Dula nunca hubiera existido y su vida hubiera empezado al casarse con Estrella. «Aquí todos los españoles te conocen, papá. Eres un escritor muy leído», me decía. Pero en cuanto podía se arrancaba a hablar de su nueva mujer: «Miguel la quiere como si fuera su madre de verdad. —Y añadía que cada vez estaba más contento de haberse casado con ella—. Me preguntas cómo es. Ya la habrás visto en las fotografías que te he mandado: alta, rubia, radiante.»

Recuerdo que cuando comprendí que Dula, para mi hijo, después de dos años de haber muerto no era más que un incidente en su vida, me sentí como si de algún modo Gregorio hubiera contribuido a que muriera: «En realidad es ahora cuando Dula ha muerto de verdad —le dije a Rodolfo—. Nadie muere del todo hasta que se le olvida.»

Aquella tarde Rodolfo y yo hablamos largamente sobre la tensa actitud que Gregorio había adoptado cuando imaginaba que Dula estaba siendo dominada por Liaño:

—¿Recuerdas los celos que despertaste en mi hijo?

—No eran celos, Patricio. Era una demostración de su inseguridad.

Rodolfo no andaba errado. Más de una vez me había dado yo cuenta de que Gregorio se veía incapaz de estar a la altura de su mujer y precisaba un motivo para justificar su propia insatisfacción.

—Por eso sospechaba de mí. No había nadie más en Mas Delfín que pudiera levantar sospechas.

—Sin embargo fue al marcharte tú cuando empezó la verdadera lucha.

—Lo sé, Patricio. No hace falta que me lo digas.

* * *

Fue una lucha solapada, escondida. Una de esas batallas que aparentemente carecían de importancia pero que lentamente iban minando los refuerzos que todavía conservaban nuestras convicciones.

Cualquier detalle era susceptible de transformarse en un explosivo: el roce casual de las manos, la proyección de una mirada, las modulaciones involuntarias de las voces y hasta la necesidad imperiosa de huir de nosotros mismos para evitar encontrarnos a solas.

Fue aquel temor lo que, en aquellos días, me impulsó a manipular a Paula y a servirme descaradamente de ella.

Aunque entonces nuestra relación era todavía precaria, y nuestros encuentros, tras los balbuceos del principio, habían mermado bastante desde la llegada de Dula y Gregorio a Mas Delfín, no vacilé en fingir que su presencia me resultaba imprescindible, que la necesitaba cada vez más y que, lejos de encontrarnos de vez en cuando como veníamos haciendo desde la llegada de mis hijos, lo que yo pretendía era tenerla a mi lado continuamente.

¿Fui hipócrita? Por supuesto. En principio todos los seres humanos lo somos. De hecho incluso la buena educación puede ser una manifestación de esa inevitable hipocresía. Especialmente cuando sonreímos sin ganas o cuando nos lavamos para no heder o cuando asentimos para no discutir o cuando fingimos ignorar la verdadera culpa del que se proclama libre de ella. No hay que engañarse: la hipocresía es una de las constantes más arraigadas en nuestras vidas.

Pero Paula lo ignoraba. Paula era una criatura primitiva, tosca, burda e ignorante, sin embargo era natural y totalmente reacia a las simulaciones. Por eso no era capaz de darse cuenta de que la atención que yo le prestaba (especialmente cuando Liaño, tras pelearse con Gregorio, se ausentó de Mas Delfín) se debía, sobre todo, a que su presencia constituía una especie de garantía de seguridad para mis temores.

«Te necesito, Paula.»

Y allí estaba ella trepanando los sonidos de Mas Delfín con una voz chillona y destemplada; perorando sobre los clientes del hotel Verde Mar o sobre sus amigas o sobre cualquier tontería que le pasaba por la cabeza. Monólogos absurdos que no interesaban a nadie y que para lo único que servían era para rellenar instantes ambiguos, y barrer de la mente posibles amenazas.

Debo reconocerlo: Paula fue entonces mi gran refugio. Y mi comodín. Y por supuesto, la excusa más sólida para justificar mis continuas ausencias. «Hoy no podré almorzar con vosotros: he quedado con Paula para ir a la ciudad.»

Así iba yo fraguando mis lejanías cuando, a medida que los días pasaban, las cercanías se volvían cada vez más apremiantes.

—Probablemente hoy no vendré a dormir. Paula quiere pasar la noche en Francia.

El disgusto de Gregorio no se hizo esperar:

—¿Te das cuenta, papá, que desde que se fue Liaño apenas has estado con nosotros?

Me fijé en Dula. Tenía los ojos gachos y los labios le temblaban ligeramente.

—Tienes razón, hijo mío: a partir de mañana todo será diferente.

Pero los días transcurrían sin que nada cambiara. Lo esencial era fingir y dar la impresión de que la cercanía de Paula era lo que en realidad me importaba.

Así fui sacrificando instantes para acumular horas de tedio. Y lo que era peor: Paula iba ganando terreno. Ni por un momento llegó a sospechar que yo me valía de ella para fingir un sentimiento capaz de ocultar mi sentimiento real.

Pero dar beligerancia viene a ser lo mismo que conceder derechos. Y Paula los iba multiplicando como si de verdad los mereciera.

Ni siquiera le molestaba que cuando me quedaba a solas con ella me abstuviera de dirigirle la palabra. Le bastaba estar conmigo. Era lo único que realmente le importaba.

No obstante, se produjo una circunstancia que estuvo a punto de echar a rodar todos los esfuerzos que realicé durante aquellos dos meses. Los fingimientos siempre tienen algún resquicio que puede delatar nuestras intenciones.

Con frecuencia he pensado que la mediocridad humana suele estar más capacitada para detectar ciertas debilidades que los que tienen fama de aviesados y de estar por encima de las circunstancias. Bastará que medien los celos o se presienta de pronto que el terreno abonado puede malograrse por causas imprevistas.

Recuerdo que aquella tarde ella se había empeñado en cortar

algunas flores del invernadero para decorar la casa. Aunque Paula siempre se mostraba dócil, aquel día le había entrado de nuevo la obsesión de que las flores (pese a que Dula y Juliana se empeñaran en lo contrario) tenían como finalidad ocupar floreros y rellenar espacios vacíos para mejorar el aspecto de la casa.

Y, aunque yo le había prohibido que las flores fueran arrancadas de su habitáculo, apoyándose en la confianza que yo le había concedido, no vacilé en llevarme la contraria e imponer su criterio.

Desde mi estudio pude ver como entraba en el recinto con las tijeras apropiadas y un gran cesto vacío.

Aquella tarde Dula y Gregorio se encontraban en el pueblo. Al menos eso era lo que yo creía. Faltaba ya muy poco tiempo para que el matrimonio regresara a Tailandia y no habían dudado en aceptar la invitación de unos amigos que deseaban despedirse de ellos.

No sé aún por qué lo hice, pero lo cierto es que al ver a Paula dispuesta a cercenar las flores, me entró una suerte de rebeldía que no pude dominar. Furioso, baje corriendo por la escalera para dirigirme al invernadero.

Pero, antes de entrar, descubrí que tras el edificio y apoyada en la barandilla estaba Dula contemplando el mar.

—¿Qué haces aquí, Dula?

Al principio no creí que me oyera. Parecía ensimismada: pendiente de aquel mar que lentamente se estaba oscureciendo porque la tarde declinaba.

—No esperaba encontrarte. Imaginé que estabas en el pueblo —insistí.

Se volvió hacia mí esbozando una sonrisa:

—Yo te hacía en el estudio.

—Lo estaba.

Durante unos instantes nos quedamos mudos. Sin reacciones. Incapaces de desviar nuestras miradas.

—Quería despedirme del mar —se justificó de pronto.

Lo dijo con voz vacilante, apocada, como si temiera que sus palabras pudieran dolerme.

Asentí sin responderle. En aquellos momentos era difícil encontrar argumentos adecuados para acertar. Cuando lo que nos rodea deja de existir y lo único que cuenta es la persona que tenemos delante, todo se vuelve confuso y los vocablos pierden su sentido.

—¿Y Gregorio? ¿Dónde está Gregorio?

—Se fue al pueblo sin mí. Estaba un poco cansada y decidí quedarme.

—Comprendo.

Y de nuevo una sonrisa forzada:

—No creo que tarde.

De pronto me di cuenta de que su cuerpo temblaba.

—¿Tienes frío? —pregunté.

—No. ¿Y tú?

—Tampoco.

—Faltan pocos días —dijo ella como si lo que de verdad contara fuera aquel retazo de mes que todavía debía cumplirse.

—En efecto.

A punto estuve de decirle que la iba a echar de menos. Pero no lo hice. Además no era necesario. Dula era totalmente consciente de que yo venía echándola de menos desde el principio del verano.

—Quizá algún día puedas ir a Tailandia.

—Es posible —contesté.

Y tras un silencio prolongado, se volvió hacia la explanada y señaló el bosque:

—Será difícil olvidar Mas Delfín.

Difícil iba a serlo todo; saber que ella iba a precisar aquel pedazo de costa tanto como yo la precisaba a ella, y dejar de contemplar su cuerpo cuando se metía en el mar o verla descender por el sendero que conduce a la playa, o arrebujada junto a las piernas de Gregorio cuando, después de cenar, departíamos en la terraza. Pero, sobre todo, dejar de percibir su olor. Aquel inconfundible olor a violetas.

No hubo más comentarios ni, por supuesto, ninguno de los dos dejamos entrever lo que en realidad sentíamos. Sin embargo a veces no es necesario decir lo que uno siente para delatarnos. El peligro puede surgir cuando menos se espera y cuando más esfuerzos realizamos para evitarlo.

Aquella vez el peligro fue Paula. La ignorada y manipulada Paula.

A decir verdad, en aquellos instantes ya no me acordaba de que Paula estuviera allí, en el invernadero, cortando flores prohibidas y contemplándonos a los dos tras los cristales.

De improviso la vimos en el portal: las tijeras en una mano y la cesta llena de rosas apoyadas en varias hojas de helechos. Nos miraba en silencio, como si el diálogo que acababa de escuchar la hubiera fulminado repentinamente.

Fue entonces cuando comprendí que a menudo los instintos pueden ser más inteligentes que la propia inteligencia, y que el veneno de los ofidios puede también contagiarse a las flores.

Lo peor fue recorrer el camino de vuelta a casa. Los tres íbamos en silencio, inmersos en aquella desagradable sensación de derrota que suele surgir cuando nos pillan en falta.

Nada importaba que entre Dula y yo no hubiera existido el menor desvío. Los recelos nunca se apoyan en las evidencias, sino en las dudas. Las evidencias tienen más recursos: casi siempre se solventan con camuflajes o con tergiversaciones. Pero las dudas no. Sobre todo las dudas que nacen de la intuición.

Nada más sutil y verídico que la incapacidad de razonar. Por mucho que pretendamos averiguar la verdad, si razonamos, la verdad se esfuma. La razón siempre encuentra excusas para velar nuestros fallos.

Fue al llegar a mi estudio cuando estalló la tormenta.

Parece que estoy viendo a Paula, lanzando despectivamente sobre el sofá el cesto de flores recién cortadas:

—¿Qué? ¿No te decides a regañarme por haber cortado tus preciosas reliquias?

Por primera vez Paula me desafiaba. Estaba convencida de que aquel silencio mío era un medio de comprar el suyo.

—Así que os he pillado in fraganti —dijo.

—No sé a qué te refieres.

—No vas a engañarme, Patricio. No te conviene. Sería demasiado peligroso para ti.

Inmediatamente cambié de actitud. Me volví agresivo:

—¿A qué peligro te refieres?

Y ella, por primera vez en su vida, me plantó cara:

—No te sulfures, doctor. Ahora comprendo muchas cosas. Me ha bastado ver cómo la mirabas y cómo te miraba ella, para comprender.

No sé lo qué pasó por mi cuerpo. Fue algo parecido a una corriente eléctrica, o una cuchillada que me partiera en dos.

Me acerqué a Paula y le tapé la boca con la mano. Clavé mi mirada en la suya. Y enseguida la abrace con fuerza como si, más que abrazarla, quisiera romperla.

Luego volví a mirarla. Mi horror de que aquella mujer hablara, disfrazado de una pasión que no sentía. Después fue la rabia y el asco de mí mismo, y la necesidad de que aquella mente obtusa asimilase lo que iba a imbuirle como si fuera verdad.

—Acuérdate bien de lo que voy a decirte, Paula. De ti puedo soportar muchas cosas porque te necesito, porque me resultas imprescindible: tu falta de experiencia, tu incapacidad para reflexionar, tus continuas inoportunidades y tu total carencia de tacto; incluso puedo perdonarte tus frivolidades, pero jamás soportaré que te muestres celosa y mucho menos que tus celos tengan un origen tan estúpido como el que acabas de apuntar.

La escena del llanto no se hizo esperar. Las mujeres como Paula suelen tener la lágrima fácil. Luego me pidió perdón. Se autoacusó de torpe, de necia, de todo cuanto podía degradarla. Me rogó que olvidara lo que me había echado en cara.

Y yo intenté demostrarle que lo había olvidado. Lo hice de un modo convincente para que me creyera. De hecho precisaba esa pantomima para que también ella olvidara.

Creo que lo conseguí. A partir de entonces jamás volvió a mencionar sus dudas respecto de Dula. Ni siquiera cuando tras el regreso de mis hijos a Tailandia, yo volví a comportarme con ella con el habitual menosprecio que, en el fondo, ha venido imperando en nuestra relación.

De cualquier forma, mi esfuerzo no resultó fácil. Nunca es fácil hacer el amor por miedo.

❄   ❄   ❄

La mañana ha amanecido tumultuosa. Son varias las circunstancias que han contribuido a ello.

Por lo pronto el desasosiego de Bruto, atropellando, con su atolondramiento, todo cuanto encontraba a su paso. Luego aquella forma de irrumpir en la cocina mientras Miguel desayunaba con la intención de inquietar al niño con sus gemidos y rascar su pantalón con la pata.

Y es que Bruto intuye. Bruto sabe que algo importante esta ocurriendo, y que si se separa de su amo es muy posible que jamás vuelva a verlo.

Sin embargo, Miguel ignora lo que Bruto sabe. Los seres humanos son incapaces de adivinar lo que ciertos animales conocen de antemano. Lo único que tiene muy claro es que, dentro de unas horas, su padre llegará a Mas Delfín para recogerlo y llevárselo a Brasil, donde le aguarda su madre. Pero todavía confía en que su abuelo lo acompañe.

—Papá no permitirá que te quedes solo.

Y Patricio, para no defraudarlo, ha asentido sonriendo.

—De cualquier forma, si hoy no os acompaño, puedes estar seguro de que yo no tardaré en viajar a Brasil.

Y el niño continúa desayunándose con la placidez de los días simples: esos días que sirven para que las horas se llenen de luz, de sonidos agradables y de actividades gratas.

Por eso Miguel es feliz. Y ni siquiera le molesta que Bruto se muestre inquieto, ni que Leticia ponga cara compungida.

Por si fuera poco, la llegada de Gregorio va a coincidir con la anunciada llegada de los reporteros televisivos enviados de Londres para entrevistarlo. «Pertenecen a la Granada TV —le comunicó Liaño hace ya una semana a Patricio, cuando todavía nadie sospechaba que Gregorio tenía previsto llegar el mismo día—. Al parecer tu último libro está pegando fuerte en Inglaterra.»

Son varias las causas que están contribuyendo a que el sosiego de Mas Delfín se haya desbordado. Hasta Canuto anda soliviantado para que «los de la tele» encuentren las cosas en su sitio; pulcras, ordenadas y sin que puedan suscitar críticas.

«Sobre todo el invernadero —le había recomendado Leticia—, a los ingleses les gustan mucho las flores.»

Pero Canuto ya había previsto aquella contingencia, y la tarde anterior la dedicó a dejar limpias las paredes de cristal y a repasar las bombillas para que el recinto recupere el esplendor que Juliana había impuesto desde que se proyectó construir una casa para las flores.

Además, al movimiento inusual que está experimentado hoy el ambiente de Mas Delfín hay que añadir la actitud de Paula. Aunque ya lleva algunos días anunciándole a Patricio que las cosas entre ellos están adoptando un giro poco satisfactorio, Patricio todavía cree que sus quejas son brotes histéricos propios de una mujer inestable y excesivamente aficionada a llamar la atención.

Seis años de convivencia (aunque se trate de una convivencia convencional, precaria y poco dada a efusiones sentimentales) le dan el derecho a saber si debe o no debe hacer caso de las reacciones de su pareja.

Por eso, cuando Liaño le ha confiado a Patricio que Paula empieza a cansarse de su esclavitud, de su sumisión y de la falta de atenciones del doctor Gallardo, no ha tornado en serio la advertencia.

«Una vez más te estás equivocando, Rodolfo: las mujeres como Paula únicamente fingen molestarse, pero son incapaces de cambiar sus hábitos. Una vuelta de tuerca y todo vuelve a su sitio. —Y como viera que Rodolfo ponía cara de no creerlo, ha añadido—: Lo que prevalece en ellas es la rutina. Romper ahora nuestra relación supondría para ella una equivocación irreparable. No olvides que, aparte de su magnífica apariencia, es un cerebro hueco. Solamente permaneciendo a mi lado puede conservar esa imagen de mujer interesante que tanto la satisface. De algún modo yo soy su garantía.»

Sin embargo, desde que se ha levantado Patricio tiene la impresión de que la advertencia de Liaño no se basa sólo en una simple teoría, sino que probablemente se cimenta en alguna realidad.

Ha empezado a comprenderlo cuando, después de haberla llamado varias veces por teléfono, sin llegar a hablar con ella, Paula se presentó en Mas Delfín repentinamente, al tiempo que se realizaban los preparativos para recibir a Gregorio y los reporteros de Londres.

—Supongo que te extrañará verme aquí.

—En absoluto. He intentado hablar contigo por teléfono desde hace varios días sin conseguirlo.

—Ya no vivo pendiente del teléfono, Patricio.

Lo ha dicho con aire distendido, sin machacar las palabras, como si «no vivir pendiente del teléfono» fuera para ella lo más normal del mundo.

—Bueno, lo esencial es que has venido.

—Estoy aquí porque Rodolfo me ha pedido que viniera. Al parecer me necesitas para posar contigo cuando lleguen los de la tele.

En efecto, Patricio recuerda ahora que Liaño, la noche anterior, le había comunicado que pensaba avisar a Paula:

—Conviene que os vean juntos. Aunque tú no lo creas, la gente considera que Paula es para ti algo parecido a una musa.

—Podría estropearlo todo —le contestó él—. Cuando Paula abre la boca, adiós atractivo, adiós belleza. Sólo dice gansadas.

Pero Liaño no estaba de acuerdo:

—No importa; Paula tiene carisma. Conviene que colabore.

En vano intentó Patricio darle a entender a Liaño que el carisma no bastaba, que en el fondo los carismáticos eran siempre gente menor: gente que usaba máscaras falsas para encubrir miserias; que lo esencial no era tener carisma sino cerebro, sentido mental armónico, método, sensatez, talento y una honradez clarividente. Liaño continuaba en sus trece:

—A pesar de todo, Paula encandila a la masa. Incluso te encandiló a ti cuando os conocisteis. ¿Lo recuerdas? Además no es necesario que hable. Bastará con que sonría y pronuncie cuatro tópicos bien aprendidos. Te aseguro que eso te ayudará a realzar tu personalidad.

—Y como Patricio diera muestras de no creerlo—: Te aconsejo que no te fíes demasiado de tu criterio, Patricio. Las mujeres, por muy torpes que sean, tienen un límite. Además saben distinguir entre un hombre importante por su trabajo y un hombre importante por su delicadeza. Y a decir verdad, tu delicadeza ha brillado por su ausencia en lo que se refiere a Paula.

—No irás a decirme que a estas alturas Paula tiene la intención de dejarme.

—En lo que a ella se refiere, lo ignoro. Pero en lo que atañe a los hombres, puedo asegurarte que hay más de uno dispuesto a presionarla para que te abandone. No todos los hombres son como tú.

En estos momentos Paula esta ahí, en la terraza, con sus ritmos invariables, sus medidas intelectuales escasas, sus equilibrios desequilibrados, y Patricio vuelve a decirse que Paula no está hecha para romper los dogmas de sus preferencias, por mucho que la presionen otros hombres.

Al final se decide a acercarse a ella para sondearla.

—Rodolfo me ha dicho que te estás hartando de mí —le espeta con aire jocoso—. No entiendo por qué, Paula. Tú sabes que yo te necesito.

Ella lo mira con cierto aire ausente.

—No, Patricio, nunca me has necesitado. Lo único que has hecho es utilizarme. —Y añade—: Llevo muchos años soportando tus desaires.

No se expresa despectivamente. Al contrario, incluso produce la impresión de que la cohíbe hablar con tanta franqueza sobre un asunto que, en realidad, ya no le afecta:

—Probablemente la culpa es mía —ha continuado diciendo con voz sosegada—. Yo era muy joven cuando te conocí. ¿Recuerdas? Me alucinaste. Me pareció que, de todos los hombres que había en este mundo, nadie podía compararse a ti. Tenías una aureola de persona inteligente que me encandilaba. Tenías una apariencia atractiva. Creí que nadie podría sustituirte. Y caí de cuatro patas en el hoyo.

—Imagino que intentas decirme que te has arrepentido de todo lo que ha significado nuestra convivencia de seis años.

—No. Yo te quería. Y cuando uno está enamorado, pierde la noción de las medidas. Ni siquiera me importaban tus brotes de mal gusto y tus insultos dictatoriales. Sí, ya lo sé: nunca me hablaste de amor. Pero no me importaba. Lo esencial para mí no era lo que yo podía inspirarte, sino lo que tú me inspirabas a mí.

En efecto, ni una sola vez durante seis años Patricio había mencionado la palabra amor. Quizá por eso cuando Paula termina de hablar, se queda unos instantes silenciosa y con los ojos cerrados como esperando la frase de siempre: «O lo tomas o lo dejas, Paula. No voy a presionarte y mucho menos voy a cambiar mi forma de ser.»

Pero por primera vez Patricio permanece mudo.

—No lo has dicho. Da lo mismo. Es muy posible que tú no puedas cambiar, Patricio, pero yo sí.

Y volviéndole la espalda lo deja plantado junto a la baranda de la terraza, con la palabra en la boca.

No hay duda, la mañana de hoy ha amanecido tumultuosa.

*   *   *

Desde que me instalé en Mas Delfín, lo primero que veía cuando me despertaba eran los peñascos enhiestos y oscuros que se alzaban lejanos en medio de la bahía como dos esculturas naturales.

Dialogar con aquellos peñascos era una especie de manía desde que Liaño se había marchado. O acaso un modo de disfrazar mi costumbre de hablar a solas cuando nadie podía oírme. «Dentro de poco se habrán ido.»

Entonces aguardaba la respuesta. Pero aquella vez fue una respuesta vaga: «¿Te sentirás libre? ¿Soportarás tu condena?» Y de nuevo yo: «No lo sé. A lo mejor mi condena puede ser mi libertad.»

Lo cierto era que Dula y Gregorio debían regresar a Tailandia y el taxi que debía trasladarlos a la ciudad estaba ya a la puerta de la casa.

Recuerdo que cuando bajé al comedor para desayunar, Gregorio salió a mi encuentro sonriéndome con aquel rictus tan suyo un poco triste:

—El plazo se ha acabado, papá. Dios sabe cuándo volveremos a vernos.

—La distancia no importa, hijo. Recuperaremos nuestras llamadas telefónicas. Todo antes que dejar de comunicarnos.

Recuerdo que la mañana era desapacible: septiembre estaba declinando y el frío de octubre se adivinaba en el vaivén de los árboles cada vez más desposeídos de hojas y en la bravura de las olas que chocaban contra el acantilado.

—Sobre todo, Gregorio, no dejes de llamarme por teléfono cuando lleguéis a Bangkok.

Y Gregorio asentía mientras, emocionado, pasaba su brazo por mi espalda:

—Nunca olvidaré los buenos ratos que hemos pasado juntos, papá.

También Leticia parecía emocionada.

—Qué corto ha sido el verano —decía lloriqueando.

Y Canuto:

—Deberían volver el año próximo.

De pronto apareció Dula. Se la veía ojerosa, demacrada.

Veo también a Rosario contando los bultos para que nada se quedara rezagado en algún rincón de la casa.

—Adiós, papá —me dijo Gregorio con ojos húmedos.

Y el abrazo. Un abrazo apretado, como si entre él y yo sólo hubiera eso: un nexo de cariño indestructible, algo que jamás nada ni nadie podría desbaratar.

Entonces se acercó Dula y se echó en mis brazos. La besé en la mejilla y enseguida se metió en el coche dejando en mi cuerpo aquel aroma a violetas que nunca he podido olvidar.

También ahora, después de tantos años, cuando menos lo espero, aquel olor vuelve a mí como si Dula no hubiera muerto y continuara deambulando por Mas Delfín medio escondida en extrañas nieblas.

Pero se ha ido y, por más que intento recuperarla, su imagen se desdibuja, se vuelve transparente como esas medusas que hieren porque se confunden con el mar.

De cualquier forma, en cuanto llegaron a Bangkok de nuevo comenzaron las comunicaciones telefónicas. Gregorio siempre estaba allí cuando yo llamaba. Y los meses transcurrirían como si la tormenta subterránea que tanto nos había afectado a Dula y a mí jamás se hubiera producido.

Así pasamos más de dos años. Dos años de tristezas y de alegrías. Dos años sin Dula pero con una mujer nueva que se llamaba Estrella y cuya voz afable no vacilaba en ponerse en contacto conmigo cuando yo llamaba: «Si supieras cuántas ganas tengo de conocerte personalmente. Gregorio siempre me habla de ti.»

Y los meses transcurrían desembarazados de malos presagios. Al contrario, la confianza entre mi hijo y yo crecía, y aunque a veces ciertos recuerdos punzaran la conciencia, inmediatamente se disipaban por el amor que nos unía.

Hasta que súbitamente, y sin mediar motivo alguno, llegó el cambio.

Al principio sólo fueron síntomas molestos que todavía no auguraban lo que iba a suceder, pequeñas torceduras que incluso podían parecer normales: «Lo siento, Patricio, no puede ponerse al teléfono. Está muy ocupado. Dice que ya te escribirá.» Pero la voz de Estrella, hasta entonces siempre franca, no me parecía sincera.

Lo cierto es que las cartas no llegaban y si alguna vez conseguía comunicar con él, la excusa que daba era siempre la misma: «Los correos suelen fallar.» Pero lo que fallaba de verdad era su tono de voz: «¿Te ocurre algo, Gregorio?» No contestaba. Se limitaba a cambiar de conversación: «¿Qué tal tiempo hace en Mas Delfín?» o «Apremia, papá: tengo mucha prisa».

Con frecuencia, en vez de agarrar él el auricular contestaba Estrella: «Lo siento, Patricio, pero Gregorio ha salido.» Y aunque se esforzara en decírmelo con voz festiva, se la notaba envarada. «No te preocupes. Le diré que has llamado.»

Sin embargo, Gregorio ya no se tomaba la molestia de contestar.

Y el tiempo transcurría cada vez más sombrío, sin que fuera posible saber cuál era la causa de aquella súbita anomalía.

—No entiendo lo que le ocurre a Gregorio, de un tiempo a esta parte no parece él mismo —le dije en cierta ocasión a Liaño.

Y de nuevo el silencio de Rodolfo y aquella forma suya de mirar al suelo como hacía siempre que se resistía a encararse directamente con la verdad.

—No son figuraciones mías, Rodolfo, te lo aseguro. Algo le ocurre a mi hijo. Algo que se me escapa. Lo cierto es que Gregorio me rehuye.

De pronto Rodolfo me habló de las flores del invernadero:

—Si pueden respirar y sentir, a lo mejor también pueden hablar.

Aquella metáfora me sacó de quicio.

Por la noche llamé de nuevo a Bangkok. Lo que Rodolfo apuntaba me dolía demasiado para dejarlo en un mero trámite.

Lo mejor era abordar a mi hijo, preguntarle directamente cuál era la causa de aquel comportamiento. Salir de dudas, afrontar la realidad, aclarar las cosas y convencerme de que las flores no hablaban. Las flores morían, pero no hablaban. Sin embargo, Rodolfo insistía:

—Si no han sido ellas, ¿quién ha podido ser? Por fin cogí el teléfono.

—¿El doctor Gallardo?

La criada tailandesa apenas chapurreaba el español.

—¿Quién llama?

—Soy el padre del doctor Gallardo. ¿Puede ponerse al teléfono?

Lo escuché claramente. No hizo falta que la criada tailandesa interviniese:

—Dile a mi padre que he salido, que no estoy en casa. No puedo perder el tiempo hablando con él.

Me desplomé sobre el sofá. Nada estaba en su sitio. Ni las evocaciones, ni los sentimientos, ni las ideas. Todo era una gran masa de confusiones dolorosas. Recuerdo que el corazón me latía deprisa y que algo que me atenazaba la garganta me estaba obligando a llorar.

Por más que lo intentaba no podía olvidar la voz de mi hijo repitiendo mil veces que se negaba a hablar conmigo, que no podía perder el tiempo escuchando mi voz.

A partir de aquel día ya nunca volví a comunicar con Gregorio.

Al principio todavía esperaba que mi hijo reaccionase, pero transcurrieron tres años y el silencio se mantuvo inalterable. Nada contaba para conjurarlo. Ni la Navidad, ni los aniversarios, ni la evolución de aquel nieto que nunca había conocido.

Durante mucho tiempo creí que moriría sin conocerlo. Sin embargo, en este momento pienso que cuando vengan a buscarlo podría morir de pena si me negaran la posibilidad de volver a verlo.

* * *

El día antes del que Dula y Gregorio tenían previsto regresar a Bangkok, al despertarme pensé: Sólo faltan veinticuatro horas. Pero no sabía distinguir si aquella realidad iba a convertir mi vida en una liberación o en una condena.

Recuerdo que la noche anterior Gregorio me había comunicado que Dula y él iban a ir a la ciudad para realizar ciertos encargos que debían recoger al día siguiente antes de dirigirse al aeropuerto.

Sin embargo, cuando al despertarme salí al balcón, Dula estaba allí bajo la gran sombrilla que cubría la mesa donde Leticia le había servido el desayuno.

Dula no tardo en descubrirme, agitó el brazo para saludarme y me dio los buenos días con la naturalidad de siempre.

Le pregunté por mi hijo.

Me dijo que Gregorio se había ido a la ciudad solo, y agregó:

—Yo me he quedado para hacer las maletas.

Afortunadamente, pensé, existía Paula. Paula en aquella época era la baza indispensable para salir victorioso de mi empeño en mantenerme distanciado de Dula.

Con Paula al lado (especialmente después de haber protagonizado la escena de los celos) los temores de cometer un error se disipaban. Paula no sólo era el comodín, sino que a las malas podía convertirse en mi peor enemiga: «Nada más peligroso que una mujer despechada», solía decir Rodolfo Liaño.

De momento había conseguido despistarla. Lo demás era una cuestión de tiempo. Y el tiempo, afortunadamente, se estaba acabando.

—¿Has desayunado ya? —preguntó Dula desde la terraza.

—Todavía no.

—Lo siento —dijo tras beber el último sorbo de su taza—. Tengo mucho que hacer. No podré esperarte.

Y sin aguardar mi respuesta se levantó y entró en la casa.

Cuestión de tiempo. En efecto, todo era una cuestión de tiempo. Y de Paula. Bastaba que se presentara allí, como hacía todos los días a lo largo de aquel mes, para que los peligros se esfumaran.

Nada importaba ya el tedio que me producía su presencia ni la irritación que me causaban sus verborreas chillonas. Paula entonces era mi rodrigón, mi fuerza y sin ella todo podía desmoronarse.

Lo que no cabía imaginar era que aquel día Paula iba a contribuir, a pesar suyo, a mi total desmoronamiento.

Todo empezó cuando me avisaron, desde el hotel Verde Mar, que la señorita Paula Civanco estaba enferma y que por favor la visitara porque no quería que la viera otro médico. «Tiene mucha fiebre, doctor.»

No me extrañaba. La noche anterior se había paseado con sus habituales escotes por las terrazas del hotel sin tener en cuenta que septiembre es un mes traidor: un mes hecho para rematar los desmanes veraniegos con sus nublados poco caldeados por soles fríos y noches húmedas de relentes helados.

Debo confesar que, en otras circunstancias, la enfermedad de Paula me hubiera resultado enojosa. Desde que me había apartado de mi profesión de médico para dedicarme a la literatura, mi entrega a los pacientes (tan alabada por Juliana) había mermado considerablemente.

Sin embargo, aquel día la enfermedad de Paula fue para mí una especie de liberación.

Estuve con ella hasta muy tarde. Y cuando salí de Mas Delfín ni siquiera tuve ocasión de despedirme de Dula.

—Dígale a la doctora que no podré almorzar con ella —le dije a Leticia—. La señorita Paula ha caído enferma y yo estaré en el hotel Verde Mar todo el día.

Leticia no comprendía aquella fuga mía:

—¿Va usted a dejar sola a la doctora? Se da cuenta, doctor, de que mañana ya no estarán aquí ni ella ni Gregorio?

No le respondí.

Me metí en el coche y arranque cuesta arriba para alejarme cuanto antes de la finca.

Después, la interminable velada junto a Paula. Y la obligación de fingir que su salud y su bienestar era lo primero para mí. Y, sobre todo, la obsesión de mantener a cualquier costa la zarza ardiente de nuestra pretendida ilusión.

Fue una jornada ardua, cargada de miedo y de cansancio. El ser humano puede ser, si se lo propone, la gran farsa de las apariencias. Y eso fue lo que yo hice aquel día: engañar, convertirme en médico abnegado que sólo piensa en su enferma, cuando en realidad me estaba agarrando a ella para evitar mi propia enfermedad.

A pesar de todo, hubo dos factores que resultaron adversos: la cortedad del día (septiembre trae oscuridades tempranas) y el repentino sueño que dominó a Paula. Cuando la vi dormida me di cuenta de que mi misión había terminado y que, como era ya de noche, Gregorio estaría de vuelta.

Pero al llegar a Mas Delfín Leticia me comunicó que mi hijo aún no había regresado:

—Ha llamado por teléfono para decir que no lo esperáramos a cenar, porque llegará muy tarde.

Al parecer Gregorio había encontrado dificultades que le obligaban a esperar hasta resolverlas.

Pregunté por Dula. Leticia ignoraba dónde estaba.

—Después de almorzar se ha metido en su cuarto. Supongo que habrá estado haciendo las maletas.

No recuerdo la hora. Tampoco recuerdo cuanto rato estuve en mi estudio mientras la noche se iba cerrando.

Recuerdo que había un gran silencio y que las ideas se iban distorsionando envenenadas de nostalgia. No era una nostalgia lógica propia de algo pasado. Mi nostalgia se ceñía exclusivamente al porvenir. Como si el dolor que sentía no tuviera que ver con lo que había ocurrido, sino con lo que podía no ocurrir. Hasta aquel instante nunca había imaginado que se podía sentir nostalgia del futuro. Sin embargo yo la estaba experimentando. Era una fuerza imperiosa que me exigía, que me mandaba.

Salí al balcón. Era ya noche cerrada. El día ha muerto, pensé. Pero lo cierto es que aquella muerte se convirtió repentinamente en un amanecer inesperado cuando descubrí el invernadero iluminado.

Bajé corriendo por la escalera y corrí hasta aquel lugar.

Pronto escuché la música que venía de allí. Era una melodía suave muy parecida a la que había sonado cuando Dula y yo bailamos por primera vez.

Al entrar en el recinto la vi. Estaba en el centro de la estancia, junto a los muebles que Juliana había mandado colocar para convertirlo en un salón floreado.

Dula vestía uno de esos trajes vaporosos que la convertían en una libélula, y cuando me vio se quedo inmóvil: la mirada fija en la mía y la expresión tranquila, como si estuviera esperándome.

Me fui acercando a ella lentamente.

—He venido a despedirme de las flores —dijo ella—. Estaba sola y necesitaba su compañía. —Y tras una breve pausa—: Me han dicho que has estado todo el día fuera de Mas Delfín.

No contesté. Y ella prosiguió:

—Supongo que debo agradecértelo.

—En efecto, Dula. No ha sido fácil: tres meses es mucho tiempo de lucha.

—Lo sé; también yo he procurado esquivarte.

—Alivia mucho saber que ya estamos fuera de peligro.

—Afortunadamente.

Recuerdo que al decir aquello respiró hondo, cerró los ojos y se dejó caer en el sofá. Luego fijo su mirada en el suelo.

—No entiendo lo que ha ocurrido, Patricio. Siempre he creído saber lo que quería. Y de repente me he dado cuenta de que estaba equivocada. Todo se ha vuelto muy confuso. ¿Crees que esa confusión es una forma de fracasar?

—Lo de menos es el fracaso, Dula. Lo importante es la consecuencia que puede derivarse de ese fracaso.

Ella asintió sin levantar la cara.

—Lo esencial es atenernos a la razón —insistí.

—En efecto. Recuerdo que en cierta ocasión me dijiste que la razón debía ser la verdadera «sensibilidad» del escritor. No lo he olvidado, Patricio. De hecho la razón debería prevalecer siempre en nuestras tendencias y en nuestros impulsos. Nada se equivoca tanto como el corazón.

De nuevo me miraba. Era una mirada penetrante, increíblemente negra. Y de nuevo su olor. Todo el invernadero era en aquellos momentos un mar de violetas.

—Está muy claro —continuó diciendo ella— que por muy íntimamente que se conozca a una persona, siempre será una desconocida. Si no somos capaces de dominar nuestros propios sentimientos, ¿cómo fiarnos de los demás?

—Procura no culparte, Dula; una cosa es «sentir» y otra «consentir». Ni tú ni yo hemos caído en esa trampa.

—Pero mi vida con Gregorio nunca será lo mismo que era.

—También la mía va a ser distinta. No creo que pueda olvidarte, Dula.

De repente volvió a levantarse; se la notaba nerviosa, como si se rebelara contra algo:

—¿Por qué? ¿Por qué se ha producido esta atracción? ¿Sabrías contestarme, Patricio?

—No lo sé, Dula. A veces los atractivos tienen el encanto de una cobra. Pero están ahí y no es posible evitarlos.

Ella asintió:

—En efecto, ha sido como un veneno.

—Sin embargo —repliqué—, una vez me dijiste que también los venenos podían curar.

—Lo recuerdo. La lejanía puede ser asimismo un veneno: quizá llegue a curarnos.

La vi temblar. Me di cuenta de ello por el frágil latir de la tela de su vestido y también porque sus manos unidas se apretujaban nerviosas como para evitar que se desbocaran.

—¿Lejanía con olvido o lejanía recordando? Insisto, Dula: no creo que pueda olvidarte.

—Eso es lo difícil, Patricio: olvidar. Sobre todo olvidar lo que nunca ha sido. Dios mío, Patricio, yo quiero a tu hijo. Te lo he dicho mil veces. Jamás he querido tanto a un hombre como a él. Lo que siento por ti es algo distinto: no es amor. El amor es sacrificado, y yo me niego a sacrificarme por ti. Sin embargo, estoy segura de que cuando nos separemos comenzará mi agonía. Eso no es amor, Patricio. Lo que yo siento es una necesidad terrible de estar a tu lado, de oír tu voz, de sentir tu aliento y participar de tu vida. Compartir tus problemas, tus actividades, saber que me necesitas como yo te necesito. ¿Cómo podríamos denominar eso? Yo no lo sé. ¿Embrujo? ¿Hechizo?

Todavía escucho la voz angustiada de aquellos momentos. Y cuando más tarde pensé en ellos me dije que probablemente Dula sabía ya que pronto iba a morir. Y comprendí que si moría, aquella brevedad del «siempre» se convertiría en el «nunca» más largo de mi vida.

En efecto, Dula murió. Murió como las flores que entonces nos contemplaban desde sus tallos todavía vitales.

Pero su recuerdo permanece. Todavía tengo la impresión de que sigue viva, que no se ha ido, y que continúa a mi lado como lo estuvo entonces.

—Será mejor que regresemos a la casa —dijo de pronto.

—¿Y luego qué?

Se encogió de hombros. Intentó sonreír.

—Luego nos quedará la tranquilidad de habernos mantenido firmes.

Asentí sin responderle. Ella intentó bromear.

—Me pregunto qué restará de todo esto dentro de un año.

Intenté seguirle la corriente:

—A mí me quedará la cachava que me regalaste cuando escalamos el monte Daní, y la música de las fuentes, y el rincón de la terraza donde solías acurrucarte, y por supuesto tu aroma a violetas.

Volvió a bajar la cabeza.

—Y a mí ¿qué va a quedarme, Patricio?

Lo preguntó jadeando, los ojos llenos de lágrimas, su cuerpo laxo como si fuera a desmoronarse.

Entonces no sé qué me ocurrió. De pronto todo se volvió movedizo e inestable. Todo perdió su sentido real. Nada era ya lo que había sido hasta aquel momento. A decir verdad yo no había contado con las lágrimas de Dula, ni con aquella actitud de mujer indefensa y desesperada.

Por eso no pude contestarle. Me acerqué a ella, la atraje hacia mí y la abracé con todas mis fuerzas.

Enseguida comenzaron los silencios. Y un profundo resurgir de impaciencias. Y la conciencia de que las flores nos miraban y nos reprendían. «Olvida las flores, Dula.» Había que olvidar todo. Olvidar la conciencia, y las luchas pasadas. Y sobre todo, olvidar que tras aquel instante ya nunca volveríamos a vernos.

*　*　*

En cuanto Miguel ha terminado de desayunar han empezado a llegar los reporteros de la televisión inglesa.

Ahí están ahora, departiendo con Liaño, fraguando proyectos descabellados para que las tomas del vídeo sean artísticas y las vistas del bosque, del mar y la explanada convenzan al productor de que el esfuerzo de dirigirse a la costa nordeste de España para entrevistar al escritor Patricio Gallardo merecía la pena.

La mayoría de ellos son rubios y, aunque de piel lechosa, no dejan de contemplar la playa con codicia en espera de que el doctor Gallardo, una vez hayan cumplido con su obligación, les permita zambullirse en el mar y gozar de ese sol que en su país lleva ya dos meses sin asomar.

Enseguida surgen los cables, las cámaras, las sombrillas para amortiguar los reflejos luminosos. Y las preguntas. Todo se les va en preguntas: ¿Cuánto tiempo lleva el doctor Gallardo viviendo en Mas Delfín? ¿A qué siglo pertenece la masía? ¿Cuáles son las aficiones más destacadas del doctor?

Y el niño: ¿Quién es el niño? Y esa mujer tan atractiva ¿cómo se llama?

Existe un mundo de cosas que los reporteros precisan saber. Y discutir. Y consultar. Nada se hace sin consultar con Mr. Tarn.

Mr. Tarn es el director del clan. El mandamás que, desde que ha llegado a España, nota que los churretes de sus sienes se deslizan viscosos por sus orondas mejillas y que su pelo, algo grasiento y que le llega hasta los hombros, se le esta amazacotando de puro sudoroso.

—Si pudieran darme una cerveza —pide.

Leticia no se la niega. Leticia, aunque no está muy conforme con el jaleo que está experimentando Mas Delfín, colabora sin chistar porque sabe que el trato que dispense a los recién llegados puede influir notablemente en el prestigio del doctor.

También Miguel se siente desconcertado. Para él es como si de pronto un alud de cosas imprevistas y nunca imaginadas estuviera arrasando la placidez de todos los días.

Hasta su abuelo parece otro abuelo. De pronto se ha vestido con un traje de lino blanco que nada tiene que ver con los atuendos corrientes que el niño conoce:

—¿Por qué te has puesto este traje?

—Mr. Tarn ha querido que me lo pusiera.

Mr. Tarn parece joven porque tiene la cara tersa, pero es todavía más voluminoso que Leticia y, además, cuando mira al niño lo hace con aire despectivo, como si en vez de ser un niño fuera un mono.

—Espero que se vayan pronto —le dice Miguel al abuelo.

Pero Patricio Gallardo tiene la impresión de que sus huéspedes van a quedarse hasta la entrada de la noche.

—Si al menos hubieran elegido otro día —le comenta a Liaño.

Lo peor es que tanto revuelo va a estropear su encuentro con Gregorio. Él había esperado que su llegada no fuera inquietante. Antes al contrario, que les diera tiempo para poder explicarse y conocer, de una vez, por qué Gregorio se había mostrado tan hostil con su padre durante tanto tiempo.

—Cuando llegue Gregorio va a encontrarse con un Mas Delfín trastocado.

En efecto, nada en ese pedazo de terreno es como era. Todo ha cambiado. La luz y las sombras, los ecos y las voces, los efluvios y los olores humanos. Aquí y allí va llenándose el olfato de aromas sospechosos a sobacos sin lavar o a cigarrillos rubios.

Hasta Liaño parece otro. Desde que se ha levantado, produce la impresión de llevar en el buche un mundo de repliegues verbales que no se atreve a exponer.

—Habrá que preparar comida para toda esa gente.

—Ya le he dado ordenes a Leticia. Rosario la está ayudando.

También Canuto ayuda. Sobre todo cuando Bruto, siempre dispuesto a entorpecer las situaciones problemáticas, y a tensar con sus arrebatos de perro malcriado los momentos difíciles, se empeña en revolotear ladrando en torno a los rubios «albiones» que, por muy amantes que sean de los animales, no dejan de odiar al chucho cuando los increpa.

—Vamos, Bruto, deja ya de fastidiar —le grita Canuto.

Y, en cuanto puede, agarra al perro por el collar para llevarlo junto a su amo y alejarlo del laberinto de cables que se ha extendido por la terraza.

—Por favor, Miguel, ocúpate de ese bicho.

Pero Miguel no le escucha. Miguel lleva ya mucho rato barruntando que tanto galimatías no puede conducir a nada bueno.

Desde que se ha levantado le preocupa la cara crispada del abuelo. Es una expresión que no le gusta.

—Abuelo.

En este momento están los dos junto a la baranda que remata el acantilado cerca del invernadero, y el mar a sus espaldas.

—¿Por qué estás triste, abuelo?

Patricio reacciona. No quiere disgustar al niño. Lo contempla sonriendo y se agacha para cogerlo y sentarlo en la baranda.

Así, con la estatura del pequeño algo nivelada a la suya, contempla a Miguel y le pasa la mano por la cara.

—No estoy triste, pequeñajo. Pero me duele que te vayas. Voy a echarte mucho de menos.

El niño no contesta. Lo mira. Y en su mirada refleja todo lo que siente pero que no sabe expresar.

En cierto modo es precisamente esa falta de expresión lo que obliga a Patricio a rescatar del pasado lo que el tiempo jamás pudo amordazar. En estos momentos no es solamente Miguel el que está frente a él. Basta contemplar sus ojos para comprender que también Dula le está diciendo adiós.

—Podría quedarme —propone el niño.

Pero el abuelo niega con la cabeza:

—Imposible. Tus padres ya se han instalado en São Paulo y quieren que vuelvas con ellos.

—Pero tú te vas a quedar muy solo.

También aquel día Dula le dijo algo parecido: «¿Podrás soportar tu soledad?» Pero soportar la soledad es lo de menos. A veces la soledad es tan necesaria como insoportable. Son las cercanías chirriantes las que de verdad hieren.

—¿Sabes, pequeño? Vivir solo no es lo mismo que sentirse solo.

Pero Miguel no acierta a dilucidar lo que el abuelo le dice:

—Le pediré a papá que me deje quedarme contigo —insiste.

Tampoco su madre quería irse. También ella le había dicho: «Si pudiera quedarme para siempre.» Sin embargo, Gregorio se la había llevado. Y cuando se fue todo empezó a morirse. Ni siquiera las flores del invernadero eran las mismas.

Lo único que todavía permanecía vivo, tras su partida, era su voz. Casi nunca dejaba de oírla cuando Gregorio lo llamaba por teléfono: «¿Estás bien Patricio? Por aquí todo sigue igual. Gregorio y yo estamos muy contentos. —Pero enseguida se despedía—: cuídate. Te mando un abrazo.»

Era la época feliz para Gregorio. Dula volvía a ser la Dula de siempre, sobre todo cuando supo que esperaba un hijo.

«Somos felices, papá, te lo aseguro», insistía Gregorio. Y comenzaba a desmenuzar aquellos mil procesos de su vida privada y profesional que nunca había dejado de compartir con su padre. Como siempre, era Patricio quien le mandaba cortar la comunicación: «Procura ser más breve, hijo. Esta conferencia va a costarme muy cara.»

Pero el entusiasmo de Gregorio nunca decrecía. Y las conferencias se iban sucediendo, mes tras mes, con el vigor de lo que no conoce el tedio.

En cambio, lo que iba decreciendo era la voz de Dula. Lentamente se iba debilitando, como el chorro de agua que caía de la fuente cuando se instalaba la sequía.

—¿¡Te ocurre algo, Dula?

—Nada. Estoy un poco cansada.

Y enseguida cedía el auricular a su marido para que continuara hablando él.

Hasta que un día su voz se extinguió para siempre. Y fue lo mismo que si la tristeza de Gregorio se unificara a la suya. Durante cuatro meses, cada vez que hablaban se veían en la necesidad de mencionar a Dula, describir a Dula, recordar las características de Dula.

Después surgió Estrella. Y Dula empezó a volatilizarse en el recuerdo de Gregorio. Ya nunca le decía a su padre: «¿Cómo voy a poder vivir sin ella, papá?»

Pero la comunicación entre ambos era siempre la misma. Duro más de dos años. Fueron dos años que pasaron deprisa porque Patricio se volcó en su trabajo y las horas fluían con increíble rapidez.

Hasta que surgió el silencio.

—Lo mejor será que cuando llegue tu hijo le preguntes abiertamente qué le ha ocurrido para que actúe de ese modo tan extraño. Ciertas confidencias se resuelven mejor hablando cara a cara—le sugiere Liaño.

Lo que más le ha extrañado a Patricio es que su hijo haya preferido hablar con el que entonces considero su rival, antes que ponerse al habla con su padre para discutir los pormenores del viaje de Miguel.

Ni siquiera quiso que Patricio se pusiera al teléfono para anunciarle su inminente llegada:

—Por favor, Rodolfo, dile al «escritor» que llegaré el lunes para recoger a Miguel. Procura que todo esté a punto.

—¿Quieres hablar con tu padre?

—No es necesario.

Y colgó.

En efecto, todo está ya a punto para que el niño deje Mas Delfín. Desde muy temprano Leticia se ha puesto a trabajar para que en la maleta del pequeño no faltara nada.

A veces, cuando Liaño y el abuelo comentan ciertas cosas, Miguel se queda pensativo. No entiende por qué algo muy áspero se cruza entre ellos, especialmente cuando hablan de su padre.

Lo cierto es que esta mañana todo parece trastocado: los entresijos de los reporteros, los artefactos que los técnicos manejan y los grilleos insoportables que cruzan el aire. También le molesta la presencia de Paula caminando por la terraza como si fuera una de esas modelos que salen en las revistas que lee Leticia. Y las preguntas de esos señores que hablan un español infame.

—Recuérdalo, Miguel, si alguno de esos señores te pregunta por Paula, tienes que decirles que es la musa de tu abuelo.

Pero cuando Miguel le pregunta a Liaño qué significa esa palabra, Rodolfo se despista y lo deja ahí junto a la puerta de la casa mientras Bruto continua ladrando para acrecentar el bullicio.

De pronto se fija en su abuelo y en Paula. Los dos siguen atentos las instrucciones de Mr. Tarn.

—Tendrán que explicar dónde se conocieron y desde cuándo están juntos —le explica Liaño al niño.

—¿Por qué?

—Porque esas cosas «venden». Luego tú también tendrás que intervenir. Tu abuelo quiere que lo acompañes cuando las cámaras estén a punto.

—¿Y de qué tengo que hablar?

—De lo que tú quieras.

—¿Y si lo que digo no vende?

—Pero Liaño no lo escucha. Liaño está demasiado ocupado y no puede depender únicamente del niño.

De cualquier forma hay algo que, sin trastocar el ambiente, desnivela bastante la situación.

Liaño lo percibe cuando Paula se acerca a Patricio para comunicarle que tiene que hablar con él:

—Seré muy breve, Patricio.

Liaño barrunta lo que va a decirle. Paula lleva demasiado tiempo contemplándose en el espejo y percatándose de que su imagen seduce y que los años nc perdonan, y que si tarda mucho en plantearse seriamente su vida de adulta, acabará arrinconada antes de que su vanidad, desnutrida de alimentos halagadores, y su vocación de mujer fiel, acaben pisoteadas por la peor de las infidelidades: el aburrimiento.

Además Paula, con no ser demasiado lista, tiene buen tiento para el cálculo y comprende que, más allá del prestigio literario, existe el prestigio de los hombres acaudalados; aquellos que pagarían fortunas por entrar con ella en algún salón y enseñarla como un trofeo digno del mayor aplauso.

Por eso le ha pedido a Patricio que le concediera su atención durante cinco minutos:

—Adelante, desembucha. ¿Qué te ocurre?

—Ocurrirme, nada. Sólo quiero plantearte una cuestión para que puedas atenerte a las consecuencias.

Lo ha dicho sin gritar, como si el tiempo libre que Patricio le ha concedido a lo largo del verano lo hubiese empleado en tomar clases de dicción.

—Estoy preparado. Adelante.

Paula ni siquiera carraspea. Sólo sacude la cabeza con el fin de que su melena no le tape el rostro:

—He venido a Mas Delfín para colaborar contigo. No te preocupes: no voy a entorpecer tu carrera literaria, ni poner impedimentos para que tu vanidad de escritor deje de seguir flameando.

—Te lo agradezco.

—Pero quiero que sepas que, después de esta última comedia literaria, ya nunca volveré a Mas Delfín.

Patricio no acaba de comprender lo que Paula intenta explicarle. En realidad tampoco le importa demasiado.

—¿Qué mosca te ha picado? ¿Ya no te gusta bañarte en mi playa ni formar parte de mi entorno intelectual? —le pregunta con sorna.

—No se trata de eso, Patricio. No podré volver aquí porque voy a casarme.

De momento no la cree. A veces Paula dice cosas sin sentido para llamar la atención. Cosas absurdas como, por ejemplo, que ha visto un hombrecillo verde con antenas en la cabeza caminando desnudo por el bosque, o que en el hotel Verde Mar se aloja un gurú capaz de levitar cuando medita.

Todo el mundo sabe que la fantasía de Paula, aunque poco convincente, es un hábito en ella e incluso a veces consigue divertir al imbécil que la escucha.

Pero esta vez lo que le está diciendo a Patricio tiene visos de verosimilitud.

—Así que vas a casarte. ¿Y se puede saber quién es el afortunado?

Paula no se inmuta.

—No lo conoces. Es extranjero. Concretamente americano: de Texas. Al parecer es un magnate del petróleo y se ha empeñado en que me case con él.

Patricio se siente desconcertado. Lo que Paula le explica parece verdad.

—¿Tú lo quieres? —pregunta.

Ella inclina la cabeza y sonríe:

—Algo más de lo que te quiero ahora, y mucho menos de lo que te quise cuando te conocí.

—O sea que llegaste a quererme. Jamás me lo dijiste.

—No lo creí necesario. Lo importante no es decir «Te quiero». Lo importante es demostrarlo. Y creo que yo te lo he demostrado con creces. —Y tras un breve silencio—: Siempre que me humillabas te lo demostraba: nunca me quejé.

Patricio desvía la vista y frunce el entrecejo. Durante unos instantes la mirada de Paula le ha parecido que emanaba fuego. Es como si de algún modo esa mirada se le hubiera metido en el cerebro para quemar su conciencia y hurgarle el alma. Él nunca había analizado esa faceta: la de comprender las razones de los otros, la de analizar los desgarros que podemos producir, la de considerar que no es necesario prestar atención a los que nos molestan, ni ayudar a los que nos necesitan.

—Nunca te dije lo que para mí suponía verme relegada por tu inteligencia y tener conciencia de que lo que hacía o dejaba de hacer siempre era inoportuno, vulgar y estúpido. Pero todo se acaba. Ya no te quiero como antes. Y si mucho me apuras, tampoco te admiro. La tiranía y la indiferencia duelen, cansan y terminan por transformar nuestros sentimientos.

Patricio reacciona: en este momento reconoce que Paula ya no es la niña boba de siempre. En este momento Paula es un pequeño verdugo que acaso pudo haber sido el amor de su vida si Dula no se hubiera cruzado en su camino.

—Perdóname, Paula. Tienes razón. Yo no te merezco.

Y ni siquiera comprende que al decirle eso está causándole más daño que si le hubiera llevado la contraria.

✻   ✻   ✻

Gregorio no ha tardado en llegar. Viene conduciendo un coche de alquiler y, como tiene por costumbre, se ha detenido en la explanada frente a la puerta de la casa.

Pero el bullicio de los reporteros y los ladridos de Bruto han amortiguado el sonido del vehículo, y cuando desciende del coche los habitantes de Mas Delfín apenas se han percatado de que Gregorio esta ahí: su cuerpo algo más grueso, las arrugas del rostro ligeramente acentuadas y el cabello clareando en las sienes debido a las canas.

La primera en percibirlo es Leticia. Una Leticia seis años más vieja, pero igualmente efusiva. Una Leticia que cuando va hacia él, las carnes se le desbordan y los jadeos se le instalan en el pecho.

—Pero si es mi niño.

Y enseguida Miguel, corriendo tras ella mientras Bruto intenta pisarle los talones moviendo el rabo y agitando las orejas.

Detrás, Rodolfo apresura el paso e induce a Patricio a que lo siga:

—Vamos, apresúrate. Hay que salir a su encuentro.

Pero Patricio vacila. Patricio todavía ignora cómo va a reaccionar ese hijo suyo que, durante tres años, se ha negado a hablar con él hasta el día que le pidió que se hiciera cargo del pequeño.

A pesar de todo, avanza hacia el coche recién llegado, porque quedarse en la terraza podría empeorar las cosas, mientras Liaño le va aleccionando en voz baja:

—Sobre todo muéstrate natural, Patricio. Hay que actuar como si el silencio de tu hijo careciese de importancia.

Pero tres años de silencio son muchos años. Tres años de silencio son como tres siglos de dudas, de interrogantes y de un sinfín de supuestos capaces de abrir abismos insondables.

No importa. En estos momentos la tirantez se quiebra porque Miguel, en cuanto su padre ha salido del coche, se ha echado en sus brazos, mientras Bruto, todavía soliviantado, olisquea los zapatos del recién llegado para saber si es persona grata.

Miguel es feliz. Miguel todavía espera que la presencia de su padre no entorpezca la comunicación con su abuelo. Lo importante para Miguel es que esos dos hombres continúen a su lado y que los instantes maravillosos que ha vivido durante el verano con Patricio no obedezcan únicamente a un estado transitorio, sino que se prolonguen a lo largo de la vida sin tener que renunciar a ningún ser querido.

Miguel piensa así porque desconoce las dobleces de los mayores y no puede concebir que un padre y un hijo se traten como dos desconocidos. Por eso cuando Gregorio deja al pequeño en el suelo y se enfrenta con el abuelo, no entiende por qué el padre y el hijo se quedan impasibles como si temieran acercarse el uno al otro.

Lo único que hacen es mirarse. Y en la mirada de ambos sólo hay curiosidad. Ni siquiera sonríen. Sólo se otean, se analizan y hasta parece que temieran rozarse.

—Te has hecho mayor, hijo mío —le dice el abuelo.

Pero Gregorio no se molesta. Asiente. Lo cierto es que el Gregorio que Patricio tiene delante es ya un hombre maduro, alguien que difícilmente podría decirle: «Ayúdame, papá. ¿Crees que me estoy equivocando?» No, ahora Gregorio no tiene aspecto de equivocarse, ni de andar vacilando. Ahora Gregorio es un hombre seguro de sí mismo, de sus movimientos, de sus actos y sus decisiones.

Lo está reflejando claramente en la actitud que adopta; Escéptica y fría. De repente alza la cabeza y señala el tinglado que han armado los de la televisión inglesa allá a lo lejos:

—En buen día he llegado —comenta—. Menudo jaleo.

Liaño le explica lo que está ocurriendo.

—Sentimos mucho que hayas coincidido con esta invasión.

Pero a Gregorio la invasión parece traerle al fresco:

—No importa. Voy a marcharme enseguida.

Leticia protesta. No puede admitir que su niño haya llegado hasta Mas Delfín para rescatar al pequeño Miguel y volverse a marchar.

—Te he preparado la comida que te gusta.

—Lo siento, Leticia. Dispongo de poco tiempo. Creo haberos advertido que lo tuvierais todo a punto para cuando yo llegara.

De pronto surge Paula. Gregorio la está viendo en la terraza, paseando su perfección anatómica entre cables, cámaras, reporteros, ayudantes y un sinfín de utensilios que convierten el paisaje en un inmenso vertedero de tecnología.

—Veo que Paula continúa igual —comenta.

Patricio no contesta. Quisiera explicarle a su hijo lo que Paula acaba de decirle, pero comprende que ciertas aclaraciones no vienen a cuento y que incluso podrían agrandar, todavía más, el malestar del momento.

—¿Cómo has encontrado a Miguel?

—Ha crecido. Tiene la piel tostada.

Y al escuchar su nombre Miguel interviene. Entusiasmado, le explica al padre que el abuelo le ha hecho muchos regalos y que lo ha llevado a la Fiesta Mayor y que cuando cumplió cinco años organizó una fiesta para él con payasos y muchos niños.

—Papá, le he prometido al abuelo que lo llevaremos a Brasil con nosotros. No podemos dejarlo solo.

Pero Gregorio no parece oírlo. Ahora departe con Canuto y le dice a Rosario que, por favor, baje la maleta del pequeño porque tiene prisa:

—La carretera está imposible y los atascos para entrar en la ciudad van a ser infernales.

De nada sirve que Miguel, para llamar su atención, tire fuerte de su pantalón y le repita que si el abuelo no les acompaña, él no quiere irse de Mas Delfín. Gregorio no se percata de nada. Y mucho menos de la desolación de su padre.

Patricio permanece ahí, silencioso, la mirada turbia, como fugitiva de sí misma, inmóvil, ausente de todo menos del pequeño.

—¿Me oyes, papá? Quiero que el abuelo venga con nosotros.

Pero lo que de verdad fastidia a Gregorio son los arrebatos del perro:

—Por favor, quitadme de aquí a este bicho —exclama empujando a Bruto con la punta del pie.

—Se llama Bruto y el abuelo me lo ha regalado —le replica Miguel adoptando el aire de Mr. Proper.

Pero a Gregorio esa clase de regalos no le convence.

—No pretenderás que también el perro vaya a Brasil.

—¿Por qué no?

—Porque a veces los caprichos resultan caros y siempre salen mal. También en São Paulo hay perros.

Lo ha decretado con acritud, como dictando una orden irreversible. Y Miguel se siente vejado. Su padre nunca le ha hablado con tanto despotismo. Verdaderamente el mundo de los mayores es un mundo despiadado; sobrecargado de incomprensiones y dispuesto siempre a lanzar incertidumbres dolorosas, piensa a su modo el pequeño.

Por eso, aunque los que están junto a él no se percatan de lo que Miguel sufre, está dejándose llevar por un apremiante deseo de romper a llorar. Sin embargo se contiene. Lo hace tragando saliva y apretando los labios para que el temblor de su mentón se agote entre suspiros disimulados.

Pero el abuelo se da cuenta del apuro del niño y lo coge en brazos:

—Tu padre tiene razón, Miguel. Yo cuidaré de Bruto. Te lo prometo. Y cuando vuelvas a Mas Delfín te estará esperando para jugar contigo.

No obstante, a veces «consolar» suele ser contraproducente. Con frecuencia los consuelos lo único que consiguen es aumentar la tristeza, desatarla y convertirla en una especie de tormenta.

Por eso mientras el abuelo mece al pequeño, el llanto reprimido se desboca. Miguel ya no puede contenerse. Es imposible frenar lo que de golpe destruye la simetría perfecta de las conjeturas que van surgiendo en apoyo de nuestras esperanzas y de nuestras ilusiones.

Tampoco resulta grato convertir de golpe y porrazo todas las perspectivas gozosas en motivos de desaliento y desengaño.

—Vamos, pequeño, sé razonable.

Pero a los cinco años las razones no se miden por la lógica, ni se imponen por el sentido común. A los cinco años el sentido común es una utopía que con frecuencia desbarata los sueños y convierte la vida en un campo de batalla.

Por eso Miguel se aferra al abuelo y le pide que no le deje.

—Quiero quedarme contigo —insiste—. No quiero marcharme a Brasil.

Durante unos instantes se produce un extraño vacío que incluso parece más estridente que el llanto de Miguel. Es un vacío que, lejos de enervar, excita, inquieta y está a punto de engullir las buenas maneras que todavía conservan todos.

—Se acabó, Miguel —le ordena su padre—. Dale un beso al abuelo y métete en el coche.

Y Miguel cede. Miguel sabe que, por mucho que proteste, su padre va a mostrarse inflexible y que el abuelo, aunque pretenda convencer a su hijo de que su nieto va a sufrir un desgarro grande si no le explica con dulzura que Patricio no puede viajar con ellos, tampoco va a conseguir que su padre cambie de actitud.

—Vamos, pequeño, súbete al coche —insiste el abuelo.

Y Miguel solloza mientras obedece. Ahí esta ahora, en la parte trasera del vehículo: la mirada pendiente del abuelo y los ojos irritados de tanto llorar.

Ni siquiera le importa que Leticia y Liaño se acerquen a la ventanilla para darle ánimos y despedirse de él. Miguel no aprecia los esfuerzos de los mayores. Miguel es sólo un niño pequeño incapaz de juzgar la magnitud de los gestos, los sonidos y las miradas. Sólo conoce el valor de los impedimentos y las imposiciones, y sobre todo del dolor.

—Siento que te vayas tan pronto —le dice Patricio a su hijo mientras se dispone a colocarse ante el volante.

En este momento los dos están a solas. Nadie los escucha. El bullicio y el llanto del niño, siempre coreados por los ladridos de Bruto, los están aislando de los demás.

—En cambio yo jamás voy a sentirlo, papá —Le contesta Gregorio secamente mientras se mete en el coche—. Lo que más deseo es perder de vista este maldito lugar y todos sus habitantes.

—Dios mío, ¿qué te ocurre, Gregorio? ¿Por qué de repente ha surgido ese odio?

Gregorio no mira a su padre. Con nerviosismo evidente intenta poner el coche en marcha.

—No ha sido de repente, papá. Llevo ya tres años odiándote.

Patricio vacila. No lo entiende. Teme que las palabras de Gregorio hayan sido mal interpretadas por él.

—¿Dices que me odias desde hace tres años? ¿Por qué?

—Analízate, papá. Lo raro sería que no te odiara.

Se miran. Los dos saben, ahora que la tirantez que empezó a desunirlos hace tres años está llegando a su culminación, que pronto la ignorancia de lo que está ocurriendo va a dar paso a la realidad.

—Dios quiera que tus hijos nunca te traten del modo que tú me estás tratando, Gregorio —Le reprocha el padre con voz temblorosa.

Pero Gregorio no se arredra. Sonríe. Luego pone la primera y se dispone a arrancar.

—Tiene gracia. Estás hablando de mis hijos —exclama moviendo la cabeza de un lado a otro—. No te preocupes, papá: no es fácil que yo tenga más hijos.

El motor ruge, las ruedas empiezan a moverse. Pero Gregorio no ha acabado de hablar:

—Para ser exactos debo reconocer que ni siquiera Miguel es hijo mío. Soy estéril, papá. Lo supe hace tres años cuando llevaba ya dos casado con Estrella. Fueron los especialistas los que diagnosticaron mi esterilidad.

Patricio no reacciona. Es Gregorio el que se empeña en que reaccione:

—Vamos, no te quedes ahí como si fueras inocente. —Y con la mano lo empuja para que se aparte del coche—. Al principio imaginé que el culpable era Rodolfo Liaño, pero me convencí de lo contrario cuando recordé que Liaño se había ido de Mas Delfín un año antes de que Miguel naciera.

Patricio cierra los ojos. Patricio se niega a contemplar la expresión de su hijo. Recordar esos ojos fríos, apagados y llenos de odio sería lo mismo que adentrarse en un infierno.

—Por eso averigüé que eras tú. No podía ser nadie más. Bueno, ahora ya sabes quien es ese nieto tuyo. Espero que te acuerdes de él porque ya nunca volverás a verlo. Al menos eso es lo que pretendo.

—Aguarda un momento.

—No, doctor Gallardo. No voy a aguardar. Sólo quiero decirte algo que debí decirte hace mucho tiempo: tú me quitaste a Dula, pero yo voy a quedarme con tu hijo. Por eso lo he mandado a Mas Delfín, para que lo conozcas, para que sepas lo que se sufre cuando alguien de tu propia sangre te está robando la parte más esencial de tu vida.

Y sin mediar más palabras, Gregorio pisa el acelerador para lanzarse a toda marcha cuesta arriba por la rampa que conduce a la carretera.

❋   ❋   ❋

Las voces se incrementan, se vuelven espesas y llenan el recinto de Mas Delfín de sonidos densos que a veces parecen materializarse y convertirse en algo viscoso.

Patricio intuye que algunas de esas voces le están haciendo preguntas y que él contesta sin tener una noción exacta de lo que responde. Son preguntas tontas que se van perdiendo en convencionalismos insulsos, preguntas que incitan a divagar, a irse por las ramas y a convertir al escritor en un muñeco sin resortes y sin reacciones sensatas. Todo se le está volviendo palabras huecas, signos indescifrables, torpezas que pretenden ser genialidades.

Pero todo es mentira. Pensar no supone contestar frases estereotipadas que el director ha impuesto. Pensar es meterse en el vacío y notar cómo las ideas se le escabullen por entre las rendijas del desconcierto y la ignorancia.

—Por favor, doctor Gallardo, recuerde que debe hablar en inglés.

Y el doctor Gallardo asiente. El inglés es un idioma universal que todo el mundo conoce. Será conveniente procurar que su acento sea correcto y que sus respuestas no fomenten dudas sobre su capacidad descriptiva.

—De acuerdo, adelante.

Las frases se acumulan, se dispersan, se llenan de tópicos que se repiten una y otra vez en todas las entrevistas.

—Dígame, doctor Gallardo ¿por qué no volvió a casarse cuando se quedó viudo?

—¿Le molesta vivir solo?

—¿Es usted un buen cristiano?

El doctor Gallardo demora su respuesta. Luego aclara:

—Me hubiera gustado serlo.

Y se da cuenta de que en realidad le hubiera gustado no sólo ser un buen cristiano, sino un buen padre y un buen marido.

—Sin embargo lo único que he conseguido es ser un buen escritor.

Y el periodista sigue preguntando. Lo hace lenta y concienzudamente, sin saltarse ni una línea de todo lo que Mr. Tarn le ha escrito en un papel.

—¿Cuántos hijos tiene usted, doctor Gallardo?

De pronto el doctor Gallardo se calla. Frunce el entrecejo y contempla desconfiado al periodista que le interroga.

Luego cierra los ojos. A veces la verdad que nadie conoce suele deslumbrar demasiado y acaba por irritar y humedecer los párpados.

Pero el doctor Gallardo se domina. Mira fijamente la cámara y responde con voz tranquila:

—He tenido dos hijos. Pero los he perdido.